孙元凯 著

孙元凯诗词集
王蒙题
贰卷

文化艺术出版社
Culture and Art Publishing House

穿透世人的灵光

俞敏洪

这么流畅的诗歌居然每一句都对仗。如果没有极其深厚的韵律基础，没有极其精致的表达技巧，没有艰苦卓绝的操练，有谁能够写成！

孙元凯的诗词是一个时代的繁华与缠绵，一层历史的沉淀与回响，一份心灵间的交融与慰藉。孙元凯把他心灵最深处的珍宝挥洒在历史的长河中，让后人在河中沐浴时发出阵阵惊奇与感叹，其诗词没有丝毫做作，率性而来，挥手而去，汪洋恣意，无所羁绊。

读孙元凯的诗词可以赋予人如水般的蜿蜒和强大，你会听到自己内心的清泉叮咚作响，奏出和谐的乐章仿佛自己瞬间真实善良起来，这是人之本性。每个人都有对唯美的向往，当这种感受直面袭来时，你会无法抗拒。对我而言孙元凯的诗中有最美的爱情，最美的人生，最真的人性。现实中我们的生活可以粗糙，但性灵不可以放任的粗鄙，是的，他的诗对我们来说有种不可抵抗的魔力，因为太有想象力，太美丽了。

孙元凯的作品在中国当代古诗词创作领域，如莲花般惊艳绽放。他用他的激情，化成穿透世人的灵光，滑过静默绵长的时光，穿过世事的罅隙，如流水附着契合在时代的血液和读者的骨骼里。

在当代诗坛星空之上，孙元凯的诗词如苍鹰破空的嘶鸣，迅疾地砸向地面。我们身处的时代，矛盾接连不断，人心浮躁迷茫。走在这样混乱焦灼的境况中，孙元凯的倔强和才华，让他不甘于收敛锋芒。他以诗词为醒世利器，挟着他惊世的才华，回荡在杳渺湛蓝的天空下，存在于历史的边缘，与时光抗衡。

感恩这位东北诗人大胆地追求了自己所渴求的,是他将灵与性完美地结合,写作了一首首宣泄出心底真情的诗篇,他的情感好像燃烧的火焰,燃烧了自己,也照亮了一片广阔的天地。

目 录 | 古风

樵歌	3
天赋人生	4
寄龚臻健	5
悬壶	6
牧歌	7
凡胎足迹	8
治民……治官……	9
用人歌	10
赋荷	11
善恶歌	12
咏怀	13
祭一暴发户	14
读史怀古及今	15
战犯兮，日鹰扬……	16
人类……	18
军事恐怖	20
绿钱	21
诗旗	22
寄张忠鲁教授	23

读《垓下歌》与《大风歌》怀古感赋	24
序诗	25
夫人66岁生日	27
公务员之歌	28
小绺弄潮	29
才与财	30
建国——甲子大庆（1949—2009）	31
作人	32
寄言	33
妃色	34
虚席以待	35
薄忱——答友人	36
寄白岩松先生	37
寄李彦宏先生	38
寄石舟先生	39
寄俞敏洪先生（二首）	40
寄马云先生（二首）	41
寄余秋雨先生（二首）	42
游仙留梦	43
美国	44
加拿大	45
中国重新崛起，世界稳步进入又一个轮回——记2011年达沃斯论坛（三首）	46
寄小婿	50
孝道	51

石原为"天谴"论道歉	52
国耻门	53
建党九十周年	54
论为官	55

七律

锡伯族西迁百年庆	59
读《红楼》戏石头	60
观书感怀	61
春秋怀古	62
读书	63
再读《三国》重看关公	64
读《列国志》感春秋吴越之争	65
读杜牧《过骊山作》感秦皇	66
过神山观朝圣有感	68
读李贺诗有感	69
初世为人	70
读陶渊明	71
光明与黑暗的第一次大搏斗	72
溪畔	73
学习要"熬"……	74
桃花渡	75
南京大屠杀60年祭	76
感辽沈战役	77
渡江战役50周年祭	78

感迷信	79
布什两代	80
感人类历史与现实	81
读王蒙先生旧体诗有感	82
感长江防汛	83
党心	84
待月出	85
匡我黄花	86
奉节颂	87
对新疆建设排名靠后有感	88
知青颂——赠弟妹于莲英	89
天使梦	90
兴亡	91
高官卖酸	92
牡丹	93
2004年邓稼先八十诞辰祭	94
统合谣	95
北京模式	96

五律

风雨怀旧	99
札达冬夜长	100
高原梦	101
幻游	102
读书薄感	103
叹荆轲	104
东篱	105

自尊	106
半老……	107
傲陈水扁"一边一国"论	108

七绝

爱雅文	111
正气	112
忆情长	113
灵泉	114
神鹿	115
天朝之国	116
自爱	117
读《三国》感孙权、周瑜	118
曹操	119
读《廉颇·蔺相如列传》	120
读龚自珍《杂诗》	121
感龚自珍的仗马之鸣	123
读陶渊明《咏二疏》与《乞食》有感	124
读杜甫《狂夫》及《百忧集行》感怀	125
再读《长恨歌》叹唐玄宗	126
入藏第一天感怀	127
走马飞云	128
巡哨	129
六月雪	130
春牧接羔地	131

过荒原——盼情缘	132
彷徨	133
父母官	134
读《列国志》感伍子胥	135
读鲁迅《自嘲》诗	136
感古平民诗人王令	137
共勉	138
读普希金《墓志铭》有感	139
心香	140
今生	141
故乡	142
咏长城	143
德行，家国之根	144
游临汾感"平水韵"	145
读杜牧《金谷园》	146
观雪	147
德行	148
读李贺《公莫舞歌》感怀	149
孤逢	150
和卢梅坡梅雪之韵	151
奔腾	152
乐山大佛	153
九寨飞瀑	154
无题	155
斩阎罗	156
吏治	157
学子	158

荒谬	159
巧遇宜人	160
游京城	161
游天池	162
警痴迷者	163
咒腐败者	164
感萧何	165
糊涂经	166
白云	167
有感贼心	168
雨后初晴	169
君子功德	170
松谷聆鸣	171
腐人	172
叹疯狂	173
游圆明园感赋	174
黄鹤楼	175
百花陈酿	176
骏马之梦	177
戏大鹏	178
幸福	179
饮酒歌	180
清明赋清词祭祖	181
致朋友	182
苏联解散周年祭祖	183
交杯	184
轮台怀古	185

嘲庸人	186
钱与人	187
樽酒浮名	188
访归侨，记乡情	189
狂吟醉赋	190
无题	191
说破真情	192
民心	193
重游老山有感	194
大漠游人	195
感苏章之廉	196
感古人隐居（因政治避难者除外）	197
劝学	198
征鸿	199
进京行前勉吾儿阿飙	200
手足	201
如意人生	202
闯荡	203
酩酊	204
升旗	205
商海"奇才"	206
金屋	207
长城	208
大河	209
中秋月上	210
秋菊	211
教子	212
重访边寨老友	213
远家山	214
报效	215
赠新疆劳动厅前书记季逵生同志	216
赠新疆编委前副主任傅锡宝同志	217
忆友人	218
祭铁人	219
参透	220
读《拿破仑传》感台独	221
井蛙	222
忆天山	223
何故拜人神	224
天使	225
悔无图	226
智能与昏庸	227
五年回首	228
自由……野蛮……	229
谁人仗势仗谁人——感巴以之争	230
看《三国》感时事	231
示儿	232
予言	233
纪念毛泽东《在延安文艺座谈会上的讲话》发表60周年	234

心灵的翅膀	235
愤笔	236
迎我孙	237
祝浩哥诞辰	238
题夫人六十岁生日	239
钓渭滨	240
感"邪恶轴心"说	241
自豪	242
投向平民的第一颗原子弹	243
看影片《金戈铁马》感赋	244
预祝神舟四号发射成功	245
感柏杨《中国人，你活得好没有尊严》	246
感京戏国际票友大赛	247
寄秋桐	248
第一卷诗校样阅毕感赋	249
读王蒙	250
恐怖冠名	251
作嫁	252
桀犬	253
耄期之期	254
内政	255
榴花开处	256
栀子花开	257
江泽民访美感赋	258
诗碑	259
登高喜赋	260

感"驴""象"之争	261
寄"十六大"新一届领导集体	262
东方	263
一个党员对自己说——	264
著书	265
鲤对郭诗	266
赠大连作协	267
美帝	268
伊战十日有感	270
祝"神舟"五号发射成功兼庆毛泽东110周年诞辰	271
梦想成真	272
载人航天成功发射归来	273
耄客扬鞭	274
金柜蛀虫	275
读项羽《垓下歌》感作	276
读史悲韩信	277
采风	278
黄鹤楼	279
寄曲永业教授	280
纵横	281
贫富状	282
书后赋	283
感英国连环大爆炸	284
感台湾"三合一"选举	285
感古"删诗"之争与今	

之炒冷饭	286
寄阎金燕先生	287
诗酒惟新	288
赠文化艺术出版社	289
追求	290
浪遏飞舟	291
寄季逵生先生	292
寄付达生先生	293
坦言	294
天伦	295
说朦胧	296
出道	297
诗心	298
耄怀书幸	299
兴致	300
诗成二卷	301
北京奥运会开幕	302
寄兰锡侯	303
翰墨	304
孝心	305
西域之春	306
孤云	307
敬业	308
怀恩	309
南柯旧梦	310
贱舌子戒	311
读"参政"《要案揭秘》	
有感	312
心愿	313
答文化艺术出版社	314
艄公	315
寄新商报记者	316
寄王晓峰先生	317
祭雷洁琼……	318
蒋氏悲歌	319
两会留言	320
天外天	321
读史感国际风云	322
诗成八百	323
藏地燃情	324

五绝

小人与大贤	327
生来……一旦	328
自慰	329
咏兔	330
新长城——军垦	331
初登金顶	332
立国教民	333
为官	334
苦衷	335
诗……呕……	336
无题	337

红裙		338
闻一些地区今年高考率达70%以上有感		339
寄胡锦涛主席		340
盼来年		341
言诗		342

词、曲

醉花间	狐争穴	345
普兰赋	渔家傲	346
长相思	中秋待月	347
浪淘沙	高原长夜	348
自 述	忆秦娥	349
捣练子	秋吟	350
风入松	成败英雄	351
玉蝴蝶	豪情	352
定风波	玩世…斗智…	353
卜算子慢	跑官	355
菩萨蛮	开心	356
多 丽	采菊	357
南乡子	赋共青团建团80周年	358
锦堂春慢	赋浩哥诞生照	359
虞美人	诗魔	361
念奴娇	"奥丽安娜"赋	362
八声甘州	夜梦中东	364
古 绝	笑——	365
满江红	梦话	366
沁园春	红旗歌谣	367
多 丽	幽灵之歌	368

古风

樵歌
（古风）

1997年2月25日

秦时有话汉时说，

感天动地是放歌。

旦夕言者真无罪，

樵歌泛作大江河！

自注：

诗取古风体格式。
韵脚在《诗韵集成》下平声五歌，一韵通押。
此诗原草稿写于1958年春，在军校毕业前夕所作。

天赋人生
（古风）

1964年3月30日西安—乌鲁木齐列车上

宇宙万物系天生，

雄鸡放屁是本能。

人间自有成功路，

尽在开发与力争。

自 注：

韵脚在《诗韵集成》下平声八庚、十蒸通押。
天生：指自然界，非人主观臆造的神灵。

寄龚臻健
（古风）

1975年8月冬

笑傲高原冰雪天，

山野牧民生死间。

须刀割盲龚臻健，

捧腹一笑说平安！

自 注：

诗取古风体格式。
韵脚在《诗韵新编》十四寒，一韵通押。
这是笔者在西藏阿里高原工作时的一位医生朋友龚臻健，在牧区巡诊医疗时，危急之中用剃须刀割盲肠的故事。

悬壶
（古风）

1980年3月28日于阿里

悬壶济世播善心，

科技传承艺博云。

治世安邦医国手，

高端再造屡新春！

自注：

诗取古风体格式。
韵脚在《诗韵集成》下平声十二侵通真转文通押。
悬壶：以医道比喻治国之道。
治世……：文治世，武安邦。文武之道一张一弛，需要铁腕国手来把握。
高端……：国家方方面面都要不断创新，代代相传，每年都有新的发展。
此诗是贺科协二大召开。

牧歌
（古风）

1980年5月8日于阿里

春寒料峭别严冬，

炎夏来去秋叶红。

跃马飞锱君有幸，

杯酒歪诗可尽情？

自注：

诗取古风体格式。

韵脚在《诗韵新编》十七庚、十八东通押。

飞锱：（zhuī 缀）古代马鞍上端的针刺。另解，古代计数用的筹码。《管子·国蓄》："且君引锱量用……上得其数矣。"

凡胎足迹
（古风）

1987年10月10日

斯文荟萃几高人？

过海八仙尽是神。

道士涅槃今别问，

凡胎足迹必无寻！

自注：

韵脚在《诗韵集成》下平声十二侵通真通押。

涅槃：涅（niè 聂），佛教认为，经过长期"修行"即能"寂（熄）灭"一切烦恼和"圆满"这种境界名为"涅槃"。

佛教将涅槃分为"有馀涅槃"和"无馀涅槃"两种。大乘佛教列说："自性清净涅槃"和"无住处涅槃。"后世也称僧尼去世为"涅槃"。

这里说的"道士"是混迹于僧尼之列的人，即使死了，也绝对达不到"涅槃"境界的，还能留下什么足迹呢！

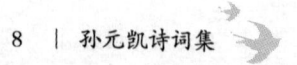

治民 …… 治官 ……
（古风）

1989年7月28日于乌鲁木齐

治国先治党，

治民先治官。

治官不治民，

盗贼起风尘。

治民不治官，

航船触礁沉。

官民一齐治，

家国前路宽！

自 注：

诗取古风体。
韵脚在《诗韵集成》下平声十二侵通真转寒通押。

用人歌
（古风）

1990年12月23日

以功定夺，不拘格，真改革。看实践，看实践，众口在案。有能干，无能换，挤掉尸位吃白饭！智商高，私心少；无蜕变，官声好。大胆使用无老小！

自注：

诗取古风体。
韵脚在《中华新韵》三歌、十三豪、十四寒换押。

赋荷
（古风）

1991年6月28日

立身立言更立德，

春心春意若春荷。

污泥污水出污染，

一径一香礼一佛。

自 注：

诗取古风体。
韵脚在《中华新韵》三歌、二波通押。
荷：出污泥而不染，是其永远不变的本性，观之颇启示……

善恶歌

（古风）

1995年8月29日

善如原上草，

恶似风化石。

渐变无知觉，

盈亏也时时。

善恶人自好，

益损人自招。

慎微人自造，

福临善门敲！

自 注：

诗取古风体，换韵格式。
韵脚在《中华新韵》五支、十三豪换押。
题解：这里说的善与恶，有别于宗教里的"善"、"恶"因果报应之类，社会生活中既然存在着真、善、美与假、丑、恶之分，弃恶扬善原是应该的。

咏怀
（古风）

1998年6月22日

古贤重德，

今人惜名。

世事洞火，

殊尔莫能。

君之近老，

自尊益增。

虽云守拙，

欲言欲声。

自注：

诗取古风体。
韵脚在《诗韵集成》下平声八庚、十蒸通押。
守拙：陶渊明《归园田居》"开荒南野际，守拙归园田"。又《时运》"人亦有言，称心易足"。
题解：笔者此诗，前四句述古比今，后四句进而抒怀。末尾两句："虽云守拙，欲言欲声。"认老而不服老也。

祭一暴发户
（古风）

2000年7月19日

开放在初期，

乱中有投机。

损公害集体，

逃税肥己躯。

社队多积累，

腐贪盗无余，

邪财烂情欲，

五毒病不医。

自 注：

韵脚在《诗韵集成》上平声四支、五微；七虞、六鱼；四支、八齐换韵通押。

读史怀古及今
（古风）

2001年6月15日

九合匡正济扶心，

七国争雄战火纷。

张说联横交霸主，

苏言合纵制强秦。

纵横六国诸侯困，

败北终归事暴君。

一国之谈非教训，

多极合作事由人。

自 注：

诗取古风体风格。

韵脚在《诗韵集成》下平声十二侵通真转文通押。

"七"字是仄声在去声或轻声前读阳平。它后边的国字非去声，所以它仍读仄声。

"九合匡正……"句：《论语》云："桓公九合诸侯。""一匡天下"，匡正也，正天下之乱。济，救也。扶，持也。济扶，为济困扶危也。

战犯兮，日鹰扬……
（古风）

1976年8月8日于乌鲁木齐

利欲兮太丑恶，

有奶兮便是娘！

侵略兮时时有，

流血兮平平常！

称霸兮心不死，

掳夺兮黑心肠。

核弹兮用论诈，

军商兮似虎狼！

巴以兮无保障,

人民兮祭国殇。

世界兮无宁日,

战犯兮日鹰扬!

自 注:

诗取古风体。
韵脚在《中华新韵》十六唐,一韵到底。
鹰扬:诗大雅维师尚父时,维鹰扬言其武之奋扬也(见《康熙字典》一五九二页注),此处用为飞扬跋扈状。

人类……
（古风）

2002年元月30日

人类兮有聪明，

悲兔兮同狗亨。

进步兮求科技，

相残兮多苦情！

导弹兮乱轰炸，

肉弹兮拼厮杀。

强盗兮化日下，

无辜兮苦无涯！

天地兮似疯狂，

生人兮又生狼。

何日兮同死灭，

环宇兮得安祥！

自 注：

诗取古风体。
韵脚在《中华新韵》十七庚、一麻、十六唐换押。
亨：《史记·韩信传》："狡兔死猎狗亨·高鸟尽良弓藏·敌国破谋臣亡。"按古惟亨字兼三义后加一画作享献之享，加四点作烹食之烹，今皆通用（见《康熙字典》十七页详注）。

军事恐怖
（古风）

2002年4月

肉弹不敌导弹轰，

导弹难保自被凶。

军事恐怖谁忍睹？

"理解"秋波纵沙龙！

自 注：

韵脚在《诗韵集成》上平声二冬，一韵通押。
"理解"：美国总统布什，对以色列总理沙龙入侵巴勒斯坦不加干涉，还发表讲话表示"理解"，大大助长了沙龙的嚣张气焰。

绿钱

（古风）

2002年9月18日

绿绿荷钱，

浮水圆圆。

寂寞泛舟，

弱女孤男。

有志生员，

理想冲天。

欲作鹏举，

展翅维艰。

莘莘学子，

好学不难。

今有贷款，

不再饥寒。

自 注：

诗取古风体。

韵脚在《中华新韵》十四寒，一韵到底。

题解：国家教育部门近年来实行一系列教改政策，不断扩大招生名额。现入学率已达70%~80%，对于特困生又出台了贷款助学等举措，使我国教育战线出现了欣欣向荣的局面。想到科教事业未来前途一片光明，真是可喜可贺！故此，笔者写诗以为时代进步的标记。

诗旗
（古风）

2004年9月21日

半脚踏入望乡台，

人到此时感悲哀。

亏得天使铁臂在，

丰都城里夺回来！

自 注：

诗取古风体格式。

韵脚在《诗韵集成》上平声十灰，一韵通押。

题解：笔者由于取胆结石而住进医院，好在手术顺利，石头取出。想不到的是，由于个别人的失误，使笔者药物中毒。几乎丧失生命！但在抢救过程中，科主任柏晓明及全体医护，废寝忘食，尽到了最大的努力。终于把笔者从死亡线上抢救了回来，也就是说，好心的医护们又给了笔者第二次生命。笔者出院时为表示对医者们的谢意，把笔者刚清醒时心中的四句诗让儿子去特制锦旗一面，上面绣的字，便是这首诗。

望乡台：①古人久戍不归，或流落异地，往往登高或筑台以眺望家乡。后世因此称高处为"望乡台"。王勃《蜀中九日》诗："九月九日望乡台，他席他乡送客杯"。②迷信者认为冥间有望月台，新死的鬼魂登之，可以眺望家乡。

丰都：县名，在重庆东、涪陵市东北部，长江沿岸。县人民政府驻汇南乡。汉始置平都县、后省、隋置丰都县，明改"丰"为"酆"，1958年复改为丰都县。以县有丰水、平都山得名。县城旧称"阴曹地府"，道教称"七十二福地"之一，有鬼城之称。

寄张忠鲁教授
（古风）

2004年9月28日

风流倜傥大男人，

医者重任见仁心。

无私冒险出诚信，

难得教授说诗文。

自 注：

诗取古风体格式。

韵脚在《诗韵新编》十五痕，一韵通押。

笔者因为医疗过程中药物中毒，进入倒计时危急时刻。张忠鲁教授在抢救过程中勇担重任。与病人家属充分协调，采取果断而冒险的措施，病人终得一救。这种无私的仁爱之心，使人没齿不忘！张教授在笔者病体恢复过程中，为了安慰病人，一次真诚地说："你的古体诗词我看了，写得不错！"回想当时的感觉，真是褒奖一句胜过冠冕哪！

读《垓下歌》与《大风歌》怀古感赋
（古风）

2006年4月27日

两歌咏兮绝世谣，

败之悲兮胜之骄。

青史载兮荣辱著，

警世人兮思如潮！

自 注：

诗取古风体。

韵脚在《诗韵集成》下平声二萧，一韵通押。

题解：秦末汉初，项、刘争霸时，自称西楚霸王的项羽与被群众拥为沛公的刘邦，两位历史人物在失败与胜利时都慨叹高歌，留下了载入史册的千古绝唱。

史载公元202年项羽在垓下（今安徽灵璧县内）战斗失败，自杀前慷慨悲歌道：

"力拔山兮气盖世，时不利兮骓不逝。

骓不逝兮可奈何，虞兮虞兮奈若何？"

公元215年战胜者刘邦即帝位后，在击败淮南王黥布的反叛，归来路过他的故乡沛县（今江苏沛县），当他衣锦还乡之际同样感慨万千，他在宴席上歌道：

"大风起兮云飞扬，威加海内兮归故乡。

安得猛士兮守四方！"

国人向不以成败论英雄，但成败给人的感受毕竟是那样的不同。追求胜利、避免失败永远是人们值得深思的主题。读史怀古，心潮澎湃，故有所赋。

序诗
（古风）

2007年5月3日

墨悲丝染叹人寰，

近朱近墨慎结缘。

士庶良莠听一劝，

善识镜缘与桃源！

自 注：

诗取古风体格式。
韵脚在《诗韵新编》十四寒，一韵通押。
墨悲丝染：古人言墨翟见染丝者而泣曰："染于苍则苍，染于黄则黄，不可不慎也。"这里是作一种比喻说社会环境复杂犹如染缸一般。
近朱近墨：是强调近朱者赤，近墨者黑，在社会接触上要慎重，跟好人，学好人……
士、庶、良、莠：这里指国家公务人员，工、农、兵、学、商都包括在内。
善识镜缘与桃源："镜缘"这里是长篇小说《镜花缘》的简称。此小说系清朝李汝珍所作，以游历海外的传奇浪漫故事，抒发了对封建社会某些丑恶现象的不满，以夸张的手法作了批露，有些空想的成分。
桃源：这里所说的"桃源"是《桃花源记》的简称，此文是东晋伟大诗人陶渊明所著。这篇作品亦诗亦歌亦赋，熔各种手法于一炉，既类游记，又似小说、散文作品。既描写了优美的自然环境，又设想出了和睦友好的人际关系；同时又表现出了作者不愿与黑暗社会现实同流合污的高尚情操。作品充满艺术性的真实感情，有深厚的文学韵味。

序诗：是拙作《染色灵魂》的开卷诗。

夫人66岁生日
（古风）

2008年5月25日

难得长辈夸孝心，

相夫教子用情深。

虚怀若谷今方信，

能容我这倔男人。

自注：

诗取古风体格式。

韵脚在《诗韵集成》下平声十二侵通真。

夫人韩雅秋24岁与笔者成婚，几十年来无论对老人的孝敬，对丈夫的支持，对子女的教育关怀，都尽到了最大的努力。而且长期以来个人能坚持业余学习，不愿意"掉队"，并且取得较为理想的业绩，颇有一定的强人之志气……令人感动。

公务员之歌

（古风）

2008年6月3日

公务员兮公是天，

公最大兮国无颠。

私膨胀兮人心乱，

私有限兮天下安！

贫富差兮求缩短，

文武治兮继登攀。

官爱民兮民匿怨，

民爱官兮官养廉。

家和睦兮无遗憾，

人幸福兮不唯钱！

自 注：

诗取古风体格式。

韵脚在《诗韵集成》下平声一先通盐转寒删通押。

此诗原系长篇小说《染色灵魂》中的一首。

小绺弄潮
（古风）

2008年7月16日

私包公产胆气豪，

小绺下海夸弄潮。

淫欲摧颓犹窃笑，

毒烟一口天不饶！

自注：

诗取古风体格式。
韵脚在《诗韵集成》下平声四豪通萧通押。
小绺：（liǔ）丝、麻、线等东西合在一块成一束的叫一绺。"小绺儿"是从人身上偷东西的窃贼。
笔者在长篇小说《染色灵魂》中描述的人物方光的原型××，由于承包公司贪腐而不知悔改，后来发展到吸毒不治（无法戒除）而早逝！与其说是个人的腐败，不如说方方面面都有责任……

才与财
（古风）

2009年3月4日

古来重贤才，

现代喜敛财。

三教九流辈，

忧国难重来！

重商求富国，

政治国不衰。

反腐防败坏，

养廉勿忘怀！

自 注：

诗取古风体格式。
韵脚在《诗韵集成》上平声十灰通支转佳通押。

建国——甲子大庆（1949—2009）
（古风）

2009年10月1日

李闯造反遭倾颓，
商洛无寻心意灰。
人类进步需民粹，
国失灵魂势垂危。
清末军阀成累赘，
民国汉奸狗屎堆。
内忧外患民心碎，
强盗入寇山河悲。
千载英雄史无类，
毛公奠基立国碑。
邓氏传承出新锐，
中国特色续光辉！

自 注：

诗取古风体格式。
韵脚在《诗韵新编》八微，一韵通押。

作人

（古风）

2009年11月28日

人品高下依灵魂，

四岁让梨学做人。

英雄天下为己任，

班侯西域抖精神。

少壮疆场厮八骏，

白发自珍跩诗文。

古今中外求学问，

中华古道在儒林。

自注：

诗取古风体格式。
韵脚在《诗韵集成》下平声十二侵通真转文元通押。
此诗原稿为《染色灵魂》卷尾诗。后按编辑意见撤下现收放诗集内。
笔者提倡学古人，传经典，以利国人。这首诗意为将古喻今，勉青年上进之志。
青年是国家与民族的未来，青年朝气蓬勃，精力旺盛，只要认准方向，勤于学习努力奋斗，前途是无可限量的！

寄言
（古风）

2010年春

鹏飞云兮喜升腾，

鱼入渊兮欲成龙。

物聚类兮柔也硬，

人得友兮事必兴！

自 注：

诗取古风体格式。

韵脚在《诗韵新编》十七庚、十八东通押。

此诗是在与文化艺术出版社责编交谈中偶有所感。因为赠诗之说，所以久而不忘。今抄出收入二卷诗词集中。

妃色
（古风）

2010年5月30日

佩林篱笆防偷窥，

妃色新闻有因为。

据说"自由"应无罪，

西式文明本不亏！

自 注：

诗取古风体格式。
韵脚在《诗韵新编》上平声四支，一韵到底。
妃色：即粉红色。
《半岛晨报》2010年5月27日A11版载，英国前王妃为钱向富商出卖色相赚钱，以维持贵族门面，不慎被揭底……
另据《参考消息》2010年5月30日转载美联社文章，前阿拉斯加州长萨拉佩林在位于瓦西拉的住所周围建立起4.3米高的围墙，防止新来的邻居偷窥。新来的邻居是位作家，正在写一本关于佩林的书。佩林曾在脸谱网站上"欢迎"过作家乔·麦克吉尼斯。乔租了她隔壁的一幢房子，据称作家"眺望派珀（佩林）的卧室……"
一向听说西方自由世界，性开放，国人不在乎这类事情。只是人们不解的是如今，难道美国把大门关起来，不讲开放自由了？！好像美国讲的"自由"是只别人国家，而不对自己国家，即美式的自由是内外有别的！

虚席以待
（古风）

2010年6月

忘年之交因有为，

事业前程欲同辉。

庆功宴上许一醉，

虚席以待刘劲飞！

自 注：

此诗古风体。
韵脚在《诗韵集成》上平声五微，一韵通押。

薄忧 ——答友人

（古风）

值此《染色灵魂》出版之际，国内外名流学者大腕，白岩松、李彦宏、石舟、俞敏洪、马云、余秋雨等各位巨擘倾心协力，拱璧荐骨，义薄青云，鄙人深为震撼！虽冥思昼想，然无以为言。终于决定，致歪诗一首，聊寄薄忧！

2010年8月

大地风雨骤如盘，

眼底潮流搏饥寒。

人生进取思无限，

俯仰还欲斗百年。

白发出手凭经验，

愤青才智史无前。

不畏昏暗与梦魇，

破晓再看众笑颜！

自 注：

此诗取古风体，不拘平仄。
韵脚在《诗韵集成》上平声十四寒转先删通押。

寄白岩松先生
（古风）

2010年8月

秀才弄笔话群英，

瞩目论坛看巅峰，

众星灿烂口舌硬，

指点江山有岩松！

自 注：

此诗取古风体，虽不拘平仄，但按体裁特点而作。
韵脚在《诗韵集成》上平声二冬，一韵通押。
巅：山顶，顶峰。

寄李彦宏先生
（古风）

2010年8月

IT 鏖战胜群雄，

国际平台日繁荣。

华人智慧可称颂，

牛市人生李彦宏。

自 注：

诗取古风体格式。
韵脚在《诗韵集成》下平声八庚，一韵通押。

寄石舟先生
（古风）

2010年8月

皇城举目觅石舟，

御苑稳坐居咽喉。

万般景观堪独秀，

为人尊崇即风流！

自 注：

诗取古风体格式。
韵脚在《诗韵集成》下平声十一尤，一韵通押。

寄俞敏洪先生（二首）

（古风）

2010年8月

一

褒奖过誉愧友夸，

弘论正气冠冕加。

体制革新闻天下，

公私大道永无涯！

二

北大西语出精英，

宝剑犀利走偏锋。

孔门弟子人中凤，

口碑响亮俞敏洪！

自注：

诗取古风体格式。
韵脚在《诗韵集成》下平声六麻，一韵通押。
公私大道……：只要是正道，不管公与私，前途都是远大的。

自注：

诗取古风体格式。
韵脚在《诗韵集成》上平声二冬通东通押。
偏锋：指在某一方面特别突出。

寄马云先生（二首）

（古风）

2010年8月

一

改革开放出国门，

劈荆斩棘荡风云。

一马当先许好运，

万马奔腾势超群！

二（七绝）

人生理念佐灵魂，

伟业丰功建有人。

大略雄才须在任，

屈尊就事奉民心！

自注：

诗取古风体格式。
韵脚在《诗韵集成》上平声十二文，一韵通押。

自注：

诗取七绝第一种平仄格式。
韵脚在《诗韵集成》下平声十二侵通真通押。

寄余秋雨先生（二首）

（古风）

2010年8月

一

文化学者有几箩，

污口浊流如银河。

千年文史舌尖坐，

真知秋雨滋润多！

二

有胆有识自由人，

文化论坛座上宾。

著作等身皆学问，

百口小人怎敌君！

自注：

诗取古风体格式。
韵脚在《诗韵集成》上平声五歌，一韵通押。

自注：

诗取古风体。
韵脚在《诗韵集成》上平声十一真转文通押。

游仙留梦
（古风）

2010年10月6日

仙游邂逅老人精，
无语提携飞身轻。
推拉翻滚犹失重，
光芒四射彩霞明。
敢问仙人此何境，
万望指点留大名！
若隐若现身渐远，
仰视人去留笑声。
不觉足踏仙人洞，
环顾四处临险峰！

自 注：

诗取古风体。
韵脚在《诗韵新编》十七庚，一韵到底。
黎明前半醒半睡，如梦如幻的精神状态中，有如上述情景。醒来后激情犹在，随手记下，反复修改后成游仙一诗。

美国
（古风）

2011年元月8日

巨人瘫痪已垂危，

魔掌强拳无能为。

美式文明失尊贵，

丑女涂脂无光辉！

自注：

诗取古风体。
韵脚在《诗韵集成》上平声四支通微。
美国人民是可爱的，美国政府则是不足为训的，资本主义经济危机，金融破产不说，在欧、亚、非世界各地，到处伸手发动叛乱，从中渔利，向其一相情愿的所谓民主自由世界演变。

加拿大

（古风）

2011年元月10日

姑息四害祸心毒，

硕鼠钻进自家屋。

亵渎文明求出路，

加国宪政容纳污！

自 注：

诗取古风体。
韵脚在《中华新韵》十姑，一韵通押。
中国巨贪赖昌星，逃往加拿大，至今不予引渡，显然具有政治目的。现出于通商牟利之目的，又想遣返，又想干涉中国之内政，岂不笑话！纯属妄想！

中国重新崛起，世界稳步进入又一个轮回 ——记2011年达沃斯论坛

古风（三首）

2011年1月28日

一

朋友啊请听我说，

我们重复过很多。

"十二五"总的规划，

让世界公开触摸。

最好别污辱朋友，

你我都不是妖魔！

如果有人感兴趣，

十八世纪有魔盒。

那些武装侵略者，

早已被收入网罗！

世界的百年主宰，

不亏心别打哆嗦！

自 注：

韵脚在《诗韵新编》二波。
此古风体诗只押韵脚，不拘平仄。

二

合作双赢勿偏颇，

公私竞利少隔膜。

利益驱动难逃过，

伙伴争夺起风波。

世界万事由人作，

虎豹熊罴处一窝。

本性不同难免祸，

游戏避讳互砸锅！

东亚儒在心中坐，

携手合力谨防倭！

强弱同席天作乐，

正视历史无倒拖！

自 注：

诗取古风体。
韵脚在《诗韵新编》二波。
此古风体诗只押韵脚，不拘平仄。

三

冷战阴魂人别怕，

军商发财练瑜伽。

软硬兼施为称霸，

出兵中东找钱花。

亏本战争难拿下，

战士遗骨交爹妈。

拍拍脑瓜编神话，

合作东土拜女娲。

伙伴手段蜇毒辣，

军服外套扮袈裟。

手举核弹把人吓，

张口化缘拜东家！

自注：

韵脚在《诗韵新编》一麻。

此古风体诗只押韵脚，不拘平仄。

《参考消息》2011年1月27日头版文章"达沃斯论坛热议'中国崛起'"，美联社瑞士达沃斯1月26日电，文章报道：瑞士商学院的金融学教授阿图罗·布列说："全世界的每个变数都与中国政治有关。我并不期待西方领导人会带来任何惊喜，但我们或许从中国领导人那里得到惊喜。"

美国《纽约时报》网站1月24日文章：达沃斯的热门话题：中国面临日益严重的挑战。

文章重点报道,中国已成为世界上最大的出口国,经济规模位居世界第二,拥有2.9万亿美元外汇储备,正努力建造一艘航母,要在两年内实现航天器登月。

彭博新闻社网站1月25日报道:新兴市场可能会在2011年呈现6.5%的增长,比发达国家2.5%的增长率高出一倍以上。野村控股公司全球投资银行部门负责人威廉·维里克说:"这折射出经济实力和影响力正开始移向何处。"英国《金融时报》文章说:真正的大问题是,这仅仅是周期性出现的暂时现象,还是的确具有历史意义的长期趋势的开始……人们将密切关注美中两国开始在西太平洋争夺经济和军事支配地位的迹象。

达沃斯论坛热议"中国崛起"震动着世界,当然也震动着中国人,其中也包括笔者个人。因此写诗抒发一点感想……

蜇:zhē。蝎子、马蜂等用毒钩刺人。

寄小婿
（古风）

2011年2月2日（大年三十）

翁婿杯酒意趣浓，

心神无醉话亲情。

小女耿直心气硬，

百事照应赖儿卿！

自 注：

诗取古风体格式。
韵脚在《诗韵新编》十七庚、十八东通押。
小女婿马迎九性情温和，为人诚实敦厚，孝顺。写此诗聊表倚重之情。

孝道
（古风）

2011年2月2日（大年三十）

卧冰取鱼感情深，

为儿孝道志纯真。

至贵至宝重有信，

天伦天性反哺心！

自 注：

诗取古风体格式。
韵脚在《诗韵新编》十五痕，一韵通押。
女儿孙菊孝敬老人之心，无论在心里上与物质上都是无可挑剔的。这使我们时时感到愉快和自豪。
卧冰取鱼：顾名思义，用身体卧于冰上，化开冰取鱼的意思，是传说中"二十四孝"故事中的一个。

石原为"天谴"论道歉
（古风）

2011年3月15日

京都知事有良知，

"天谴"省悟未为迟。

污垢阴私涤清日，

罪咎众赦友爱时！

自注：

诗取古风体格式。

韵脚在《诗韵集成》上平声四支，一韵到底。

日本东京都知事石原慎太郎表示，撤回其地震"天谴"言论，并向国民道歉。因14日石原慎太郎称，有必要利用此次海啸将日本人长年积累的私欲污垢冲洗干净，这是对日本的天谴，日本应深刻反省。11日地震发生当天，他宣布第四次参选东京都知事。

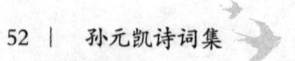

国耻门

（古风）

2011年3月16日

野史惯看人吃人，

钟山难忘众冤魂。

今抛热泪求振奋，

富强须记国耻门！

自 注：

诗取古风体格式。
韵脚在《诗韵集成》上平声十一真转元通押。
国耻门：1937年12月13日日本侵略军侵占南京后，在华中派遣军司令松井石根等指挥下逢人便杀，奸淫抢掠，有计划地烧杀达六周时间，被集体枪杀和活埋的有十九万多人。另外，零散被杀死收埋的尸体就有十五万多具。造成了震惊中外的南京大屠杀惨案！

千古屠杀，三十多万！
"天谴"兽行，鬼子完蛋！
华夏同胞，快去摆宴！
日本朋友，从此无憾！

建党九十周年

（古风）

2011年4月28日

"幽灵"结党九十年，

地狱天堂苦也甜。

血肉长城人心建，

亿众永远仰青天！

城乡共富民所盼，

国柄牢固系公权。

公大私小无悬念，

人施教育知暖寒。

外抗软硬国体健，

无可取代党尊严！

自 注：

诗取古风体格式。

韵脚在《诗韵集成》下平声十四盐通先转寒通押。

幽灵：《共产党宣言》的第一句话：一个幽灵，共产主义的幽灵，在欧洲徘徊。

论为官
（古风）

2011年3月29日

传统论为官，

好官是青天。

平民一厢愿，

为官心不贪！

幻想无民怨，

但求社稷安。

商家坏习惯，

暴利即为奸！

政治投机案，

脚踏鬼门关。

不信看违宪，

晓波罪无颜！

德育须重看，

家教在少年。

传统有规范，

忤逆人心寒！

自注：

诗取古风体格式。
古绝：一般都是五言，不拘平仄，在押韵方面既可押平韵，也可押仄韵。
韵脚：这组诗的韵脚在《诗韵新编》十四寒，一韵通押。
题解：最近有个名叫刘晓波的，居然公开跳出来反对国家宪法，扰乱秩序，破坏国家稳定团结，煽动暴力抗法。这个不法分子终于被绳之以法，真是自作自受！这种人，他们梦想只要有一小撮坏人敢于站出来振臂一呼，便会应者云集，于是天下大乱……这种人把自己和其背后主子的能量估计得未免太高了；把中国人民的觉悟估计得未免太低了……有句古语叫"痴人说梦"，这个要颠覆宪法的人，应该是这种痴人的典型！

七律

锡伯族西迁百年庆
（七律）

1964年5月

伊犁霍尔驻边关，

农牧相依有果园。

锡伯民风东北恋，

百年官派诏西迁。

各族平等多藩衍，

自治胞波世代传。

伊塔苏俄曾进犯，

固边团结保平安！

自 注：

诗取七律第一种平仄格式。
韵脚在《诗韵新编》十四寒，一韵通押。
新疆伊犁地区锡伯族自治县，大部分为锡伯族。是前清军旅从东北西迁取部分人马，赴边疆保卫边关派去的。1964年，笔者因公去伊犁察布察尔锡伯族自治县，正赶上他们庆祝西迁一百周年庆典，仪式隆重，好不热闹。锡伯族好客，衣食习惯语言与汉族无异，民族语言文字类似满族。

读《红楼》戏石头

（七律）

1965年5月26日于乌鲁木齐

曾为三六五零么，

落选无才弃野郊。

一俟高僧携带去，

木石缘定下凌霄。

人间富贵观尝遍，

情债风流意气豪。

未审凡尘经历后，

可将红粉蕊香抛？

自 注：

诗取七律第一种平仄格式。

韵脚在《诗韵集成》下平声二萧通肴通押。

俟：(sì 竢) 等待。

"曾为三六五零么"句：么 yāo 就是一。《红楼梦》第一回里专道："却说那女娲氏炼石补天之时，于大荒山无稽崖炼成高十二丈、见方二十四丈大的顽石三万六千五百零一块，那娲皇之用了三万六千五百块，单单剩下一块未用，弃在青埂峰下……""三六五零么"即为三万六千五百零一的简称。整个《红楼梦》正是剩下的那一块石头的故事。

书中写道："此石自经锻炼之后，灵性已通……"后来紧接着写道："原来是无才补天、幻形入世、被那茫茫大士渺渺真人携入红尘、引登彼岸的一块顽石……"笔者是多次读《红楼梦》之后写出本诗的，欲知详情，请看原著。

观书感怀
（七律）

1965年8月于乌鲁木齐

功名盖世也随缘，

叱咤风云水火煎。

胯下英雄称好汉，

熊罴应梦喜江山。

归来隐去东篱恋，

块垒胸中尽道官。

今古贤人窥普遍，

斯文出入戏悲欢！

自 注：

诗取七律第一种平仄格式。
韵脚在《诗韵集成》下平声一先转寒删通押。

春秋怀古

（七律）

1965年11月于乌鲁木齐

春秋百代尽风波，

兼并厮杀乱舞戈。

欲霸诸侯皆逊色，

荆轲一勇自悲歌。

秦皇伟大因开国，

自古君王创业多。

中外英雄罗逸事，

阴兵俑马镇江河！

自 注：

诗取七律第一种平仄格式。
韵脚在《诗韵集成》下平声五歌，一韵到底。

读书
（七律）

1966年春于乌鲁木齐

日日读书有所思，

欲为博学获良知。

采其大旨捉其法，

尽在其工巧妙时。

自 注：

诗取七绝第二种平仄格式。
韵脚在《诗韵集成》上平声四支，一韵到底。
【采其大旨】：《三国演义》第八十二回叙述吴主孙权派中大夫赵咨为使，往见魏帝曹丕上表请降一段故事中写道：咨拜伏于丹墀，丕览表毕，遂问咨："吴侯乃何如主也？"咨曰："聪明仁智雄略之主也。"丕笑曰："卿褒奖毋乃太甚……"又问曰："吴主颇知学乎？"咨曰："吴主浮江万艘，带甲百万，任贤使能，志存经略，少有余闲博览书传，历观史籍，采其大旨，不效书生寻章摘句而已……"丕叹曰："使于四方不辱君命，卿可以当之矣。"于是即降诏册封孙权为吴王……
笔者以为，历史故事关于赵咨描述吴主学习历史、典籍之方法一段话，颇有哲理性，讲出了古人对文、史、哲等知识的学习方法，至今仍有一定参考价值，故而引入诗句中，以为推陈之意，不知当否。

再读《三国》重看关公

（七律）

1966年12月于乌鲁木齐

桃园结义美髯公，

忠义仁人气吐虹。

身在曹营心在汉，

为全皇嫂紫荆风。

闯关斩将知天命，

万勇难当报国忠。

千古华人尊帝圣，

灵犀一脉永相通。

自注：

诗取七律第一种平仄格式。
韵脚在《诗韵集成》上平声一东，一韵到底。

读《列国志》感春秋吴越之争

（七律）

1967年10月15日于乌鲁木齐

报复冤仇贯古今，

吴王败越事酸辛。

夫差矫胜轻囚虏，

勾践尝胆忍卧薪。

瞒过强权浑自信，

赢来雪耻反骄人。

仇仇得报因知己，

失势昏昏在自矜！

自注：

诗取七律第二种平仄格式。
韵脚在《诗韵集成》下平声十二侵通真蒸通押。
矫：(jiǎo 缴)。矫胜，即矫情之意。
春秋时，吴王阖庐打败越王允常。允常子勾践又打败阖庐复仇。阖庐子夫差再报复越，困勾践于会稽，勾践以美女宝器求和臣服而质于吴，夫差允之。
夫差自此荒于声……
而勾践被夫差赦免归越后却卧薪尝胆暗中秣马厉兵，养精蓄锐……后夫差倾国力讨伐齐国，而境内空虚，越遂乘隙而入终灭吴雪耻……

读杜牧《过骊山作》感秦皇
（七律）

1970年6月17日

万国黄威任檄驰， 称霸称王封建史，

始皇专政外无欺。 强食弱肉未为奇。

彼得大帝多英武， 君王首要能安国，

林肯南征举北旗。 灵贯千秋掣武夷！

自 注：

诗取七律第二种平仄格式。

韵脚在上平声四支，一韵到底。

檄：(xí)古代调兵声讨的一种公文。这里指强国君主的文治武功。

题解：杜牧的《过骊山作》写的是作者过骊山秦始皇墓时发的感慨，诗中对秦始皇的议论为"黔首不愚尔益愚"呀、"囚独夫"呀，把秦始皇说得一无是处，这对历史人物既不公道，也不全面、不实际……所以笔者写下这首《感秦皇》，也是读诗思史怀古之意。这里对历史以及古代的文化，也要有一个正确态度对待，避免误导后人！

彼得大帝：即彼得一世，俄国沙皇，1689年推翻姊索菲亚摄政后手握实权。1697年秘密出国，在荷兰、英国等地学习考察。翌年，因国内军队谋叛返国。此后办工厂兴贸易；改革军制，建立正规的陆海军；打击保守势力，加强以沙皇为首的中央集权制。发动北方战争，取得波罗的海出海口；远征伊朗，兼并里海西部沿岸一带……1703年起，在涅瓦河口建新都圣彼得堡……其统治为近代俄国的发展打下了基础。

林肯：美国总统（1861—1865），1856年加入共和党，坚决维护联邦统一，主张废除奴隶制度。当选总统后，南方各州相继宣布脱离联邦，挑起南北战争。战争初期，仍设法与"南部同盟"妥协，遭拒绝。1862年开始采取革命措施，颁布《宅地法》，并发表《解放宣言》草案，得到广泛支持，很快扭转战局，保证了战争的胜利，最终维护了美国南北的统一……

在笔者看来中国的秦始皇，俄国的沙皇，历史上的一切统治者，他们大多是那个时代的强者，中外并无本质上的区别，就连近代的美国总统，也要为维护国家统一而战……对待历史人物只能用历史的眼光去看待。

过神山观朝圣有感
（七律）

1976年7月于阿里普兰

岗底神湖景色奇，

羊群云朵共逶迤。

才黄半缘苍山趣，

凭眺孤烟看入迷。

香客远来祈圣浴，

湖鸭头上戏飞离。

神徒果有皈依意，

何不茅庐结永怡！

自 注：

诗取七律第二种平仄格式。

韵脚在《中华新韵》上平声七齐通押。

读李贺诗有感

（七律）

1981年7月28日于乌鲁木齐

诗悲诗鬼泣清癯，
心忍心仇恨腐愚。
二百珠玑倾世代，
笔夺造化胜虫鱼。
空言汉剑神飞去，
仙界人环梦幻虚。
壮志拿云空纵宇，
凌烟阁上不平居！

自注：

诗取七律第一种平仄格式。
韵脚在《诗韵集成》上平声六鱼通虞通押。
题解：唐代诗人李贺（公元790—公元816）早慧，7岁为诗，26岁去世，留下了二百多首宝贵的诗篇。李贺体弱多病，作诗呕心沥血。虽顺利通过府试，但在应进士举中受挫。从此悲愤于心，虽做过三年奉礼郎（属太常寺），因职位低下，十分厌倦。当他看到统治腐败，国政混乱，仕途无望时，终于辞去职务回乡养病。但李贺的诗情却更加高昂。

初世为人

（七律）

1983年春

娘亲望子早飞腾，

少壮平庸负母情。

初世桃园无路径，

镜花园里放心行。

巨人未识侏人国，

斗虎牛犊欲逞能。

幸得人生能觉醒，

晚成弥过尉英灵！

自 注：

诗取七绝第一种平仄格式。
韵脚在《诗韵集成》下平声八庚通青蒸通押。
题解：此诗为自我警醒之意。

读陶渊明

（七律）

1985年12月26日

晋朝陶令允文名，
栗里柴桑抱固穷。
千载诗文人可敬，
桃花园里梦初成。

归来隐去行端正，
真意求真累一生。
诗酒醉石无醉性，
贤明枯槁有幽情！

自注：

诗取七律第一种平仄格式。

韵脚在《中华新韵》十七庚、十八东通押。

陶渊明：东晋时伟大诗人。又名潜，字元亮。浔阳柴桑栗里（今江西九江市）人。曾经做过江州祭酒、镇军参军，彭泽令等官职。自云："少年罕人事，游好在六经。行行向不惑，淹留遂无成。"中年壮节失时，倦于仕途遂归隐躬耕，抱穷守节至老。陶虽身退归隐，心却未闲。"有时不肯言，岂不在伐国，仁者用其心，何常失显默"。陶虽称以诗酒自适，但从未忘记对优美自然景色的描写及不与黑暗统治合流的高尚情操的抒发。他的《归去来兮辞并序》与《桃花源记并序》历来为人所传诵。

光明与黑暗的第一次大搏斗

（七律）

——纪念"长征"胜利50周年

1986年10月10日于乌鲁木齐

谁记长征路坎坷？

铁流万里起洪波。

劫余将士今安坐，

难忘当年苦折磨！

逝去英雄无自我，

后生追忆有悲歌。

光明黑暗厮杀过，

伟大民族故事多！

自 注：

诗取七律第二种平仄格式。
韵脚在《诗韵集成》下平声五歌，一韵到底。

溪畔

（七律）

1987年8月5日

溪边少妇洗衣忙，

棍棒槌石任尔狂。

暖雨薰风徐点浪，

新郎奋臂展阳刚。

新娘初试为妻道，

汗细淋漓漫滴香。

乐事赏心人艳羡，

夫恩妇爱意绵长。

自 注：

诗取七律第一种平仄格式。

韵脚在《诗韵集成》下平声七阳，一韵到底。

学习要"熬"……

（七律）

1995年12月9日于乌鲁木齐

想得真金要去淘，

欲求学问要去熬。

献身忘我为根本，

创造求新上得高。

血汗奔流同付出，

天长日久见真招。

成功果蜜根常苦，

高雅人生乐自豪。

自 注：

诗取七律第二种平仄格式。
韵脚在《诗韵集成》下平声四豪通二萧通押。

桃花渡

（七律）

1997年春

桃花渡口远千年，

旅客匆忙过往难。

洪汜滔滔生路断，

艄公代代履风寒。

改革开放家园变，

转眼飞虹跨岸边。

古老山乡脱苦难，

贫穷富贵恍然间。

自 注：

诗取七律第一种平仄格式。
韵脚在《诗韵集成》下平声一先转寒删通押。

南京大屠杀60年祭

（七律）

1997年12月13日于大连

日寇侵华罪可诛，
豺狼虎豹闯家屋。
惨杀大众三十万，
痛撼天悲地恸哭！

抗战英雄拼血肉，
疯狂倭寇败归途。
中华胜利今强大，
不敢服输岂武夫！

自注：

诗取七律第二种平仄格式。
韵脚在《中华新韵》十姑，一韵到底。
武夫：指日本人以"武士道"精神而自居，然而干下坏事，不敢认账，战败又不服输，岂不和"武士道"的信仰相违背？

感辽沈战役

（七律）

1998年10月26日

金陵霸气暗然消，

解放军民重担挑。

决战首开夺胜算，

关门打狗智谋高。

指挥若定无敌匹，

捷报传来颂老毛。

不足之中唯一点，

徘徊胆小系林枭。

自 注：

诗取七绝第一种平仄格式。

韵脚在《诗韵集成》下平声二萧四豪通押。

题解：1948年中共中央和毛泽东决定先在东北同国民党展开战略决战，并制定南下北宁线（今京沈铁路）攻克锦州，将敌东北"剿总"卫立煌集团封闭于东北沈阳、长春等孤立地区各个歼灭的作战方针。

另据有关材料，林彪在这次战役中表现得胆小畏敌，不听中央指挥，令其打锦州，他要去打长春，让他打长春，他又要打锦州，致使整个战役中有贻误战机之虞，人为地造成困难，增加了不必要的和无谓的牺牲，林彪是责无旁贷的。

渡江战役 50 周年祭
（七律）

1999年4月23日于大连

风雨如盘过大江，　　拼死原为求解放，

急流险浪任癫狂。　　龙骧虎斗胜魔王。

交加炮火千帆上，　　三军将士脊梁壮，

血肉横飞看断肠。　　世代江山祭国殇。

自 注：

诗取七律第二种平仄格式。
韵脚在《诗韵集成》上平声三汇、七阳通押。
渡江战役：1949年4月20日蒋拒绝在和平协定上签字，刘、邓大军立即发起渡江战役。23日解放南京，宣告国民党反动统治灭亡。

感迷信
（七律）

2001年2月2日

宗教播扬在义方，

身心想念是天堂。

祈求来世幽冥里，

灵主仁兹有报偿。

现代人间行魍魉，

痴迷邪教入膏肓。

为人只怕求非分，

堆肉何能就凤凰！

自 注：

诗取七律第二种平仄格式。
韵脚在《诗韵集成》下平声七阳，一韵到底。
题解：批"法轮功"练习者在天安门广场自焚。

布什两代

（七律）

2001年9月24日

老子英雄儿好汉，

海湾蹂躏已十年。

孤儿寡母声凄惨，

血肉堆堆彻骨寒。

列国家园蒙苦难，

西方霸主可安全？

布什两代铭经传，

人类公平被强奸！

自注：

诗取七律第四种平仄格式。
韵脚在《诗韵集成》下平声一先转寒删通押。

感人类历史与现实
（七律）

2002年7月12日

殖民主义掠夺财，

人类厮外历史哀。

赤裸烧杀没过去，

"文明"虚假滥成灾。

"人权"借口欺人国，

武力威胁是鬼胎。

好在轮回还有趣，

终归进步向前来！

自 注：

诗取七绝第一种平仄格式。
韵脚在《诗韵集成》上平声十灰，一韵到底。

读王蒙先生旧体诗有感
（七律）

2002年7月15日

神童夺得锦袍荣，

寂寞才高忌有声。

怒著神鞭鞭笔冢，

笑劈陈腐腐尸横。

阴风山雨摧城过，

丽日霞光看午晴。

锦瑟诗文多妙境，

如椽挥翰似天成！

自 注：

诗取七律第一种平仄格式。
韵脚在《诗韵集成》下平声八庚，一韵到底。

感长江防汛

（七律）

2002年9月22日

雨骤风狂六月天，

滔滔恶浪冲堤缘。

长江千里洪为患，

夏季灾民少笑颜。

自古江边多苦难，

如今治水减饥寒。

一从开放河山变，

大汛尝能抗百年。

自 注：

诗取七律第二种平仄格式。
韵脚在《诗韵集成》下平声一先转寒删通押。
题解：1998年7月，举国上下演出了一幕惊天动地的抗洪之歌。由于党中央、国务院、解放军的努力，使患灾损失减到最小……改革开放以来，国家对水患治理加大了投入，截至今年已大见成效！特别是三峡水电站的建成，将把减灾能力从几十年一遇提高到百年之一遇，使长江彻底改变历史现状，变害为利，永远造福人民！这一消息听来令人十分振奋，因此写诗记之。

党心

（七律）

2002年10月1日

党心荟萃志成城，

思想光辉指路明。

三讲双规惩腐硬，

三章代表众心凝。

社科教化超前领，

杓北知南万事宁。

辗转腾飞无累病，

天高海阔有鹏程！

自 注：

诗取七律第一种平仄格式。

韵脚在《诗韵集成》下平声八庚、九青、十蒸通押。

待月出

（七律）

2002年10月7日

四害当年扫未除，

蛇妖牛鬼再出炉。

梨园腐败歌星陨，

公害麻烦欲裹足。

约法三章强国路，

雷霆霹雳斩黄毒。

如今传统莺歌舞，

十五边关待月出。

自注：

诗取七律第二种平仄格式。

韵脚在《中华新韵》十姑，一韵到底。

题解：毛泽东时代，曾经发动群众除"四害"，消灭蚊、蝇、鼠、雀，看似未能根除。邓小平在改革开放初期，曾经生动地比喻说，开放了，窗子打开了，苍蝇、蚊子会飞进来，但不能因此而不打开窗子，进来了，打就是了！

匡我黄花
（七律）

2002年10月26日

庭槐祖种有余阴，
五月芬芳降我孙。
八月金秋炎渐尽，
中流载酒异香新。
重阳九九佳节近，
诗卷功成伴客吟。
匡我黄花篱下问，
答曰许叩作协门。

自 注：

诗取七律第一种平仄格式。
韵脚在《诗韵集成》下平声十二侵通真转元通押。

奉节颂

（七律）

2002年11月6日

白帝托孤慕孔明，

唐皇旌表敬忠诚。

风流千载文明地，

李杜诗名重古城。

万代烟霞含秀气，

三峡库坝建闻名。

虽留遗憾诗城去，

烈士头颅目可瞑！

自 注：

诗取七律第二种平仄格式。

韵脚在《诗韵集成》下平声八庚通青通押。

题解：据新华社奉节11月4日电：18声巨响结束了近10个月的奉节老城爆破，有着2300多年历史的古城奉节，将随着三峡水库的建成而长眠江底。奉节，即奉节县，属重庆市，地处长江三峡西首。远在汉代置鱼复县，西魏改名人复县。唐贞观年间旌表蜀相诸葛亮："托孤寄命，临大节而不可夺，故云奉节也。"从此更名奉节，沿用至今。

对新疆建设排名靠后有感

（七律）

2002年11月

史载张班不世勋，

二王解放业精勤。

改革前奏尤隆准，

渐次湮湮事不闻。

不是官员能力浅，

人才流失看惊人。

近年筹划嫌平缓，

何故蹒跚步后尘？

自注：

此诗取七律第二种平仄格式。

韵脚在《诗韵集成》上平声十一真转十二文通押。

"史载张班……"句：即张骞、班超。张骞，西汉汉中成固人（今陕西城固），官封博望侯。建元二年（公元前139年）奉汉武帝之命出使大月氏，相约共同夹攻匈奴。在外共十三年。途中曾被匈奴扣留，前后达十一年。开辟了中国通西方的"丝绸之路"。

班超：东汉名将。字仲升，扶风安陵（今陕西咸阳东北）人。永平十六年（公元73年）从窦固击北匈奴，旋奉命率吏士三十六人赴西域。他攻杀匈奴派驻鄯善的使者，又废亲匈奴的疏勒王，巩固了汉朝在西域的统治。他在西域活动达三十一年，曾遣甘英出使大秦（罗马帝国）至条支的西海（今波斯湾）而还。永元十四年回洛阳病逝。

"二王解放……"句：即王震、王恩茂。他们在和平解放新疆、军垦开发建设、保卫祖国也做出了举世公认的辉煌业绩，非现在人可比。

知青颂 —— 赠弟妹于莲英

（七律）

2003年10月7日

一别繁华出盛京，

煮茶烧饭饷躬耕。

红心天地植根正，

百万知青却返城。

张敞画眉称凯弟，

孟光举案赞莲英。

少年结发白头敬，

不生虚荣是有情！

自 注：

诗取七律第二种平仄格式。

韵脚在《诗韵集成》下平声八庚，一韵到底。

于莲英于1968年9月16日从沈阳市知青队伍中下乡到新民柳河沟一带。1971年5月1日与弟弟孙玉凯结婚，夫妻恩爱。知青大返城时，放弃回沈阳市，至今仍在农村生活。

张敞画眉：《汉书·张敞传》："张敞为京兆……为妇画眉，有司以奏，上问之，对曰：'臣闻闺房之内，夫妇之私，有过于画眉者。'上爱其能弗责也。"言夫妇情好也。

孟光举案：后汉时深鸿的妻子孟光给丈夫送饭时，总是把端饭的盘子举得高高的。后人称举案齐眉用来形容夫妻相敬相爱之情。

白头：白，此处读bó。

天使梦

（七律）

2003年10月13日

梅开腊月雪消融，

寒草经冬缘五峰。

春气盈门心事涌，

东方渴望跃神龙。

空间挑战英雄颂，

五号神舟绘彩虹。

共产人群天使梦，

同心振作破樊笼。

自 注：

诗取七律第一种平仄格式。
韵脚在《诗韵集成》一东、二冬通押。
五峰：《名山记》衡山之最大者有五曰：祝融、紫盖、云密、石廪、天柱。而祝融为冠也。

兴亡
（七律）

2003年11月16日

民心向背定兴亡，

官场清浊左右忙。

好去伤疤随忘痒，

重来腐败耻公堂。

失宽教化民风丧，

怙恶无悛纵毒狼。

天地良心孰敢讲？

谁教蜕变辱炎黄！

自 注：

诗取七律第一种平仄格式。
韵脚在《诗韵集成》下平声七阳，一韵到底。
怙恶无悛：即怙恶不悛。

高官卖酸

（七律）

2003年11月26日

风云叱咤誉高官，

眼底荣华酷几天。

纵欲私淫天可鉴，

擒来公愤驻愁颜。

当时富贵烟云散，

转眼平居自卖酸。

欲揽民心常纪念，

还凭奉献在人前！

自 注：

诗取七律第一种平仄格式。
韵脚在《诗韵集成》上平声十四寒、十五删转下平声一先通押。

牡丹
（七律）

2004年3月28日

福寿之花颂牡丹，

天生作派是欢颜。

栽培旦起勤浇灌，

逐日牛耕脚下田！

万事由人心乐见，

知君未可半年闲。

汗流浃背随心愿，

苦志修来自有甜！

自 注：

诗取七律第二种平仄格式。

韵脚在《诗韵新编》十四寒，一韵通押。

2004年邓稼先八十诞辰祭
（七律）

2004年4月5日

闻君华诞感生涯，
两弹功名艳若花。
震撼西天神鬼怕，
土生土长美年华。
而今故国称强大，
君去神留镇国家。
致祭为安民告话，
前仆后继有奇葩！

自 注：

诗取七律第一种平仄格式。
韵脚在《诗韵集成》下平声六麻，一韵到底。

统合谣
（七律）

2005年12月12日

列国纷争史梦遥，
江山一统子孙豪。
分合骤变山河啸，
难免流人诵楚骚！
连宋当年如互教，
岂容阿扁得毫毛！
东风万里家和妙，
无虑曹公锁二乔！

自 注：

诗取七律第二种平仄格式。
韵脚在《诗韵集成》下平声四豪通二萧通押。
2005年以来台海两岸局势好转，特别是连战、宋楚瑜等先后访问大陆后，台湾岛内和平力量大增，赞成"九二"共识反独促统形势已定，抚今思昔感慨万分，特作七律一首以抒己意。

北京模式

（七律）

2011年2月26日

北京模式正青春，

国有人心富有根。

不法灵魂何处遁，

官民暴富臭难闻！

合资控股无疑问，

走遍天涯少赤贫！

私有极端无可信，

前方共富路骄人！

自 注：

诗取七律第一种平仄格式。

韵脚在《诗韵集成》上平声十一真转文、元通押。

题解：近年来西方国家把中国政治经济的发展概括出一个新的名词或者称新概念。叫做"北京模式"。而把以美国为代表的西方资本主义经营方式，自称为"华盛顿模式"。好像他们既不愿意把中国的崛起称之为中国特色的社会主义的崛起，同时也不愿意称资本主义政治方式的衰败。这是一个很有趣的现象……

五律

风雨怀旧
（五律）

1964年10月23日

风雨三秋后，

骄阳照满楼。

落花随水去，

最忆是恩仇。

不舍幽思瘦，

平添恨与愁。

遥知山隐隐，

近解水悠悠！

自 注：

诗取五律第一种平仄格式。
韵脚在《诗韵集成》下平声十一尤，一韵到底。

札达冬夜长

（五律）

1971年1月20日于西藏阿里

一场雪茫茫，

札达月夜长。

封山绝路想，

苦水断人肠。

帐外人欢唱，

心中也遽惶。

贪杯形放浪，

昏梦赋高唐。

自 注：

诗取五律第三种平仄格式。
韵脚在《诗韵集成》下平声七阳，一韵到底。
赋高唐：宋玉有《高唐赋》写楚襄王梦游高唐与神女欢会……这里借用写远在高原工作的人的思乡之情，详见题解。
题解：西藏阿里高原札达县冬季大雪封山，县机关与地区及外地断绝交通，困难很大。刚到这里工作的第一个冬天，很不习惯，寂寞异常，此诗系这种感情的写照。

高原梦
（五律）

1975年5月1日于西藏阿里

一别家山吻，

难求涧水温。

春归思玉枕，

闪烁笑桃暾！

国色花唇愠，

天香夜雨纷。

常思人远恨，

度日怕黄昏！

自 注：

诗取五律第一种平仄格式。
韵脚在《诗韵集成》上平声十三元转真文通押。

幻游

(五律)

1985年3月22日

野鹤伴闲云,

情缘探谷深。

幻游寻隐寺,

曲径遇幽人。

梦惑飞仙界,

神通自在身。

无心窥鬼秘,

看破此红尘!

自 注:

诗取七绝第三种平仄格式。
此诗韵脚在《诗韵集成》下平声十二侵通真转文通押。
题解:幻游,在这里即梦游。人常做梦,梦做多了,即有"浮生如梦"之感。此诗系游仙体,写梦中之感,抒梦中之情,只可作梦中解,未可白日循梦也。诗题是谐音字,似应以实告之,不敢有欺。

读书薄感

（五律）

1985年11月22日

正义种心田，

豪情染发斑。

读书穿几卷，

酷在用心谈。

智慧寻真意，

求生得妙诠。

抒情谋有感，

大气旺坟山。

自 注：

诗取五律第三种平仄格式。

韵脚在《诗韵集成》上平声十五删通覃转先通押。

坟：古指大著作，如"三坟五典"。

叹荆轲

（五律）

1989年8月2日

千年遗憾死，

燕士事无成。

未报秦嬴恨，

於期有不平。

舞阳原地痞，

无且有人情。

慨叹荆轲勇，

空沽易水名！

自注：

诗取五律第二种平仄格式。
韵脚在《诗韵集成》下平声八庚，一韵到底。
无且："且"字古读平音（居，jū）现为入声（qiè），此处又不在韵脚，故从长远之计，用为仄声为妥。
题解：侠客荆轲欲为燕太子丹刺秦王嬴政复仇。为取信秦王，先说服秦逃亡将领樊於期献头于他。樊於期仇未报先死，而留名者荆轲也，有无不平乎？

东篱

(五律)

1996年5月4日

郊山野气佳，

雨露润心花。

气贯长虹下，

天青岁月遐。

东篱游志远，

文曲记风华。

咫尺龙门踏，

诗文卖酒家！

自 注：

诗取五律第四种平仄格式。

韵脚在《中华新韵》一麻，一韵到底。

自尊

（五律）

1997年7月6日于大连

从政少私心，

公平待世人。

谋财同伴少，

反腐有知音。

学尔东篱韵。

青词赋自尊。

情操德玉润，

隐逸效孤君。

自 注：

诗取五律第三种平仄格式。
韵脚在《诗韵集成》下平声十二侵通真转元通押。

半老……

（五律）

1999年6月16日

半老存风韵，
生成有雅心。
激情冲四海，
浮世冒风尘。
思想甘霖雨，
欣为士庶淋。
未来诚发愤，
风雨夜读人！

自 注：

诗取五律第一种平仄格式。
韵脚在《诗韵集成》下平声十二侵通真通押。

儆陈水扁"一边一国"论

（五律）

2002年8月8日

自古看台湾，

中华一祖先。

红番曾霸占，

郑氏敢围歼。

二战收回国，

驱夷奏凯还。

如今生恶意，

罪孽作贼顽！

自 注：

诗取五律第三种平仄格式。

韵脚在《诗韵集成》上平声十五删转先、盐通押。

七绝

爱雅文
（七绝）

1997年秋于大连

偏爱今生著雅文，
— | — | — | —

早年公务久缠身。
| — — | — |

时来运至习儒乐，
— — | | — — |

俏语宜人也警人。
| | — — | | —

自注：

诗取七绝第二种平仄格式。
韵脚在《诗韵集成》上平声十二文转真通押。
雅文：即诗。

正气
（七绝）

1958年春于南京炮校

剖开胸腹细察寻，

一览无余看吾身。

热血淋漓君必信，

勃勃正气贯红心！

自 注：

诗取七绝第一种平仄格式。
韵脚在《诗韵集成》上平声十一真、下平声十二侵通押。

忆情长

（七绝）

1959年夏于秦皇岛

水乡泽国稻花香，

巧遇春芳俏女郎。

一见钟情成孟浪，

江南别后忆情长。

自 注：

诗取七绝第一种平仄格式。
韵脚在《诗韵集成》下平声七阳，一韵到底。
题解：此诗系写一位军校同学，因有病住院巧遇一南方妙龄女子，因种种原因终未成眷属，深为惋惜也。据说此人后来犯了错误，结果堪忧。

灵泉
（七绝）

1960年8月于秦皇岛

心猿意马骋诗颠，

地阔天高任转圆。

思想飞来缘翅膀，

灵泉不断沸深渊！

自 注：

诗取七绝第一种平仄格式。
韵脚在《诗韵集成》下平声一先，一韵到底。

神鹿
（七绝）

1961年8月于青海果洛白玉寺

天生万物自迷人，

南北东西引尔昏。

逐鹿追杀无可信，

难知转眼去如神！

自 注：

诗取七绝第一种平仄格式。

韵脚在《诗韵集成》上平声十一真转元通押。

笔者曾于青藏高原玩猎于山谷之中，两遇野鹿，皆因追逐而迷失方向；误入深山峡谷几乎陷入绝境……事后常听有关神鹿之说，竟然觉得它们似有半神之灵，如神出鬼没……

天朝之国

（七绝）

1964年3月2日于秦皇岛

神州日照汉关幽，

风水天朝古自流。

激励人杰传万代，

从来生气润环球！

自 注：

诗取七绝第一种平仄格式。
韵脚在《诗韵集成》下平声十一尤，一韵到底。

自爱
（七绝）

1964年4月6日于乌鲁木齐

拼搏一路为谁来，

自爱身家志壮哉。

但有拳拳心意在，

关怀国事不乏才！

自 注：

诗取七绝第一种平仄格式。
韵脚在《诗韵集成》上平声十灰，一韵到底。

读《三国》感孙权、周瑜

（七绝）

1966年7月于乌鲁木齐

智勇瑜儿少远眸，

计深诸葛胜戈矛。

骗婚愚妹无廉耻，

有子何须肖仲谋！

自 注：

诗取七绝第二种平仄格式。

韵脚在《诗韵集成》下平声十一尤，一韵到底。

题解：周瑜为灭刘备，献计吴主孙权（字仲谋）假以其妹许刘备，骗备赴东吴杀之。不料计被诸葛亮识破，周瑜、孙权是"赔了夫人又折兵"。二次孙权又以吴国太病重为由，骗孙夫人和阿斗回东吴，幸被赵云截江夺回阿斗，而孙夫人却被骗而去。

而古词人辛弃疾，却在一首词中对孙权推崇至极："……天下英雄谁敌手？曹刘。生子当如孙仲谋。"笔者感慨不同故有今诗："……有子何须肖仲谋！"

曹操
（七绝）

1966年10月于乌鲁木齐

雄才大略可为君，

横槊吟诗也自矜。

天下不兴人负我，

篡权乱世未服人！

自 注：

诗取七绝第一种平仄格式。
韵脚在《诗韵集成》上平声十一真通蒸转文通押。

读《廉颇·蔺相如列传》

（七绝）

1967年4月18日于乌鲁木齐

唉君介子忘惜身，

国难身危见帝臣。

完璧归来谦勇武，

不唯弩气更为民。

自注：

诗取七绝第一种平仄格式。
韵脚在《诗韵集成》上平声十一真，一韵到底。
介子：即介子推。
"唉君介子"句：东周列国时代故事，晋公子重耳避难在外，途中绝粮，从臣介子推捧肉汤一盂以进。重耳食之味美问："此处何从得肉？"介子推曰："臣之股肉也。臣闻：'孝子杀身以事其亲，忠臣杀身以事其君。'今公子乏食，臣故割股以食公子之腹。"

读龚自珍《杂诗》
（七绝）

1968年3月于乌鲁木齐

看来琐屑似虫鱼，

深入方知广六虚。

足见先生朴学绝，

细玩竟感缀琼琚。

自 注：

诗取七绝第一种平仄格式。
韵脚在《诗韵集成》上平声六鱼，一韵到底。
虫鱼：龚自珍有"……荷衣便识西华路，至竟虫鱼了一生"之句。龚从小受封建文化传统的教育，对经学、史学、古典文学、诸子百家或深入研究或广泛涉猎，自幼便养成考据的癖好。龚还有："荒村有客抱虫鱼……"的句子。先秦时有一本解释词语及鸟兽草本虫鱼的书，名叫《尔雅》，汉以后成为解释经籍名物的重要工具书。有人贬低为《虫鱼之学》。
朴学：质朴之学。指汉代经学中古文经学派，初见于《汉书·儒林传》好儒仗古，治经多从文字学入手，注重字句和名物训诂考据，弊在烦琐。到清代，便是"乾嘉学派"。导源于明之际顾炎武，主张根据经书和历史立论，以达到"明道救世"的目的。到乾嘉时代，学者继承古文经学的训诂方法而加以条理发明，用于古籍整理和语言文学研究形成"朴学"。从校经书扩大到史记和诸子，从解释经义扩大到考究历史、地理、天文、历法、音律、典章制度，对古籍和史料的整理，有较大贡献。

六虚：《周易》六十四卦，每卦六爻的位置。

另指上下四方。《列子·仲尼》："用之弥满六虚，废之莫之其所。"

琼：（qióng）玛瑙。

琚：（jū）古人佩戴的一种玉。

感龚自珍的仗马之鸣
（七绝）

1968年6月17日于乌鲁木齐

三代书香世子心，

文人忠骨傲时人。

惊天仗马嘶鸣去，

今世无悲万马瘖。

自 注：

诗取七绝第二种平仄格式。
韵脚在《诗韵集成》下平仄声十二侵通真通押。
"三代书香……"句：龚自珍祖和父辈除了任官，还有著述；外祖父段玉裁更是著名文字学家，父丽正有史学著作，母亲段驯也是诗人。可称得上书香世族。（龚自珍杂诗序）
仗马嘶鸣：仗马指皇帝参加祀典、朝会和出巡时作为仪仗的马。《旧唐书·李林甫传》："君等独不见立仗马乎！终日无声而饫（yù）三品刍豆，一鸣则斥之矣。"
瘖：（yīn）失语。沉吟不语，死气沉沉的可悲局面。
龚自珍诗句："九州生气恃风雷，万马齐瘖究可哀……"

读陶渊明《咏二疏》与《乞食》有感
（七绝）

1968年11月3日于乌鲁木齐

自古多闻廉士苦，

也知隐者重高贤。

二疏诗咏腾黄卷，

未解渊明有暑寒！

自注：

诗取七绝第二种平仄格式。
韵脚在《诗韵集成》下平声七阳，一韵到底。

读杜甫《狂夫》及《百忧集行》感怀
（七绝）

1969年3月14日于乌鲁木齐

外出归来苦乐央，

家徒四壁感凄凉。

妻儿见面无行礼，

忧国哀家自笑狂！

自 注：

诗取七绝第二种平仄格式。

韵脚在《诗韵集成》下平声七阳，一韵到底。

题解：杜甫《狂夫》一篇说："……厚禄故人书断绝，恒饥稚子色凄凉。欲填沟壑惟疎放，自笑狂夫老更狂！"都吃不上饭了还说"疎放"是有一点"狂"了，但这种狂，只能是苦乐交融的那一种惨笑的猖狂了。

另一篇《百忧集行》中杜甫说得更惨："……入门依旧四壁空，老妻？我颜色同；痴儿不知父子礼，叫怒索饭啼门东。"前句还有"强将笑语供主人……"之句，可见杜甫为了生计，已经是不得已而为之强颜作笑了，读到这里不能不使人感到苦不堪言了！

再读《长恨歌》叹唐玄宗
（七绝）

1969年7月19日于乌鲁木齐

千年遗笑马嵬亭，

倾国英雄两不平。

难怪苍天无长眼，

自家应悔贱人情！

自 注：

诗取七绝第一种平仄格式。

韵脚在《诗韵集成》下平声八庚、九青通押。

题解：《长恨歌》是白居易写唐玄宗即李隆基，纳儿子寿王李瑁的妃子为自己的妃子。其父、兄、姊皆封高位进而乱政，引出安禄山叛乱，玄宗逃到马嵬亭即马嵬坡、马嵬驿（今陕西兴平县西）六军不发，将士愤怒，杀了杨国忠等杨氏嫡亲，并且逼玄宗杀死杨玉环。在无奈之际，只得命高力士用白绫将杨玉环绞死……史载后宫乱政者不少，然而如唐玄宗之苟且者，令人不齿！美人，英雄……乱国究竟孰过乎？笔者多次读《长恨歌》唯今时才有此之叹……

嵬：形容山势又高又不平。

入藏第一天感怀
（七绝）

1970年10月26日于狮泉河

天涯海角驰边寨，

一的同心展自才。

富贵无求衣锦去，

农奴但愿幸福来！

自 注：

诗取七绝第三种平仄格式。
韵脚在《诗韵集成》上平声十灰。

走马飞云
（七绝）

1972年7月9日于阿里牧区

玉帽奇山看莽原，

白棉朵朵缀腰间。

霞光五彩穿银箭，

走马飞云感欲仙！

自 注：

诗取七绝第二种平仄格式。
韵脚在《中华新韵》十四寒，一韵到底。

巡哨
（七绝）

1974年5月21日于阿里

半生巡哨走边垣，

关隘迎来五色旛。

踏遍山河西半壁，

惊心春色在高原！

自注：

诗取七绝第一种平仄格式。

韵脚在《诗韵集成》上平声十三元，一韵到底。

五色旛：西藏高原交通要路上常见有石堆上插着或在绳上系有五色条旗，当地称插旗系信教习惯。

六月雪

（七绝）

1975年6月于乌鲁木齐

炎炎六月火天来，

鳞甲突飞故降灾。

逆转阴阳天警怪，

窦娥发誓雪尘埃！

自 注：

诗取七绝第一种平仄格式。
韵脚在《诗韵集成》上平声十灰，一韵到底。
鳞甲：比喻雪片。"战罢玉龙三百万，败鳞残甲满天飞。"
题解：1975年6月底乌鲁木齐突然天降大雪，日后雪过天晴，林荫道上绿叶枯垂，人称怪异，议论纷纷。有人说彭德怀已蒙难半年多，他死得冤枉，故有此灾……笔者不信天人感应之说，但对彭德怀等老少官民在"文革"中的无辜冤案深感痛惜，故引"六月雪"窦娥冤以为比喻也。

春牧接羔地
（七绝）

1977年春于西藏阿里

山间风雨夜萧萧，
- - - | | - -

溪畔随流瑞雪飘。
- | - | | - -

独卧心神犹梦里，
- | - - - | |

绕膝儿女自娇娇。
| - - | | - -

自 注：

诗取七绝第一种平仄格式。
韵脚在《诗韵集成》下平声二萧，一韵到底。

过荒原——盼情缘

（七绝）

1977年深秋于西藏阿里

天荒地老起何年，

扪腹虚空对不谈。

寂寞心灵时期盼，

一声召唤始欢颜！

自 注：

诗取七绝第一种平仄格式。

韵脚在《诗韵集成》上平声十五删通覃转先通押。

彷徨
（七绝）

1978年8月于西藏阿里

赤波远远照辉光，

皓月回眸映艳阳。

星宿积阴郊野广，

人间天地尽彷徨。

自 注：

诗取七绝第一种平仄格式。
韵脚在《诗韵集成》下平声七阳，一韵到底。

父母官

（七绝）

1978年冬于乌鲁木齐

正大居心似海渊，

贤德治政有威严。

为民使役人心顺，

作主才称父母官！

自 注：

诗取七绝第二种平仄格式。
韵脚在《诗韵集成》下平声一先通监转寒通押。

读《列国志》感伍子胥
（七绝）

1981年元月19日于乌鲁木齐

爱国忠君两代人，

伍员仇恨海深深。

公私再造冤情甚，

死谏愚忠带泪痕！

自 注：

诗取七绝第二种平仄格式。
韵脚在《诗韵集成》上平声十一真通侵转元通押。

读鲁迅《自嘲》诗

（七绝）

1981年2月22日于乌鲁木齐

自嘲华盖画签牌，

鼎鼎威名寄壮怀。

敢学先生为孺子，

不唯命运与时乖。

自 注：

诗取七绝第一种平仄格式。
韵脚在《诗韵集成》上平声九佳，一韵到底。
华盖：《古今注》释像花那样盖在头上的云气。俗人交了华盖运就被罩住，只好碰钉子。
鲁迅1934年5月写的一首《自嘲》诗中，首句为"运交华盖欲何为，……"
签牌：即符签。喻鲁迅指向邪恶的诗。
"为孺子"句："孺子"指春秋时齐景公的幼子荼。景公非常爱幼子荼，一次自己装作牛，口衔绳让他拉着玩。不巧荼跌跤扯掉了景公的牙齿。这里为孺子，是为人民。鲁迅语："俯首甘为孺子牛。"

感古平民诗人王令
（七绝）

1981年3月11日于乌鲁木齐

心波平静映幽身，

不仕言微智过人。

大作雅文狂士味，

抒情言志语超群！

自 注：

诗取七绝第一种平仄格式。
韵脚在《诗韵集成》上平声十一真转文通押。

共勉

（七绝）

1981年5月16日于乌鲁木齐

事有惊天动地来，

庸胚未解贵人胎。

天能同赋君身造，

谁限今生百里才！

自 注：

诗取七绝第二种平仄格式。

韵脚在《诗韵集成》上平声十灰，一韵到底。

读普希金《墓志铭》有感
（七绝）

1981年7月21日于乌鲁木齐

这儿埋葬普希金，

友善同情苦难人。

决斗牺牲因至爱，

缪斯到底是人身。

自注：

诗取七绝第一种平仄格式。

韵脚在《诗韵集成》下平声十二侵通真通押。

题解：俄国诗人普希金有一首叫做《墓志铭》的诗写道："这儿埋葬着普希金／他和诗神缪斯爱情与懒惰共同消磨了他愉快的一生／他没做过什么善事／可他实实在在是个好人！"

心香

（七绝）

1981年9月16日

凛然正气有灵光，

驱体之花似锦囊。

尊贵含苞因怒放，

心香播散众芬芳。

自 注：

诗取七绝第一种平仄格式。
韵脚在《诗韵集成》下平声七阳，一韵到底。

今生
（七绝）

1981年11月3日

魂归离恨怨阴阳，

对酒歌吟慨以慷。

但有来生重想象，

天堂地狱一心装！

自 注：

诗取七绝第一种平仄格式。
韵脚在《诗韵集成》下平声七阳，一韵到底。

故乡

（七绝）

1981年冬于辽宁新民

故乡山水几多情，

别后多年少返程。

旦夕归来如晓梦，

八年未老鬓丝青！

自 注：

诗取七绝第一种平仄格式。

韵脚在《诗韵集成》下平声八庚、九青通押。

咏长城
（七绝）

1982年元月28日

长城万里树雄关，

嬴政心横戎国边。

黎庶虽然堆白骨，

文明后代是尊严。

自注：

诗取七绝第一种平仄格式。
韵脚在《诗韵集成》上平声十五删转先通盐通押。

德行，家国之根

（七绝）

1982年春

家有德行国有根，

文王操志得其人。

神龙不坠因风水，

化育文章在众心！

自 注：

诗取七绝第二种平仄格式。

韵脚在《诗韵集成》下平声十二侵通真转通押。

题解：家有德行，国有根本，文王深谙其道。文王为兴周室而遍访贤人。后因"飞熊"之占（见《史记》记载）而在渭水之滨得太公，年已八十余，佐武王伐纣，建不世之功。故本诗有"文王操志得其人"之句。

神龙游八极而不坠，因有风水覆载。我们这个号称龙的传人的国家，要想千古不坠，万古长青，最终依靠的是人民的力量。对待人民，一要爱之，二要教之。要用道德，文章进行教化和培育，关键要潜移默化众人心。

游临汾感"平水韵"

（七绝）

1982年10月2日

平阳故地现临汾，

金代诗书爱一人。

文郁新刊平水韵，

功垂千古利及今！

自 注：

诗取七绝第一种平仄格式。
韵脚在《诗韵集成》下平声十二侵通真转通押。
题解：古平阳，别称平水。"平水韵"即王文郁《平水新刊韵略》因刻于平水（今山西临汾）故称"平水韵"，系金代官方韵书，供科考之用。它基本反映了唐宋格律诗的用韵规律，此后及今，写旧体格律诗基本依照该韵书用韵。

读杜牧《金谷园》

（七绝）

1982年11月6日

天工造物大维新，

草木枯荣代代春。

世事水流朝复暮，

堕楼花落未同心。

自 注：

诗取七绝第一种平仄格式。
韵脚在《诗韵集成》下平声十二侵通真。
附杜牧原诗《金谷园》
繁华事散逐香尘，流水无情草自春。
日暮东风怨啼鸟，落花犹似堕楼人。
"金谷园"：西晋石崇在洛阳附近的住所。石崇有爱妾名绿珠。时赵王伦专政，其亲信孙秀派人向石崇要绿珠不得，于是矫诏逮捕石崇。石崇被捕时对绿珠说："我现在为你得罪。"绿珠说："我就死在你面前以报答你。"因此堕楼而死。杜诗《金谷园》抒发的即是联系这件事的感想，遗憾的是把事情扩大到了世界观上显得消极。

观雪
（七绝）

1982年12月13日于乌鲁木齐

大雪泡天乱世飞，

兴观宇宙展雄恢。

国家旺气呈祥瑞，

但恨时无大作为。

自 注：

诗取七绝第二种平仄格式。
韵脚在《诗韵集成》下平声四支通微、灰通押。

德行
（七绝）

1983年5月4日

翠竹节操向碧天，

寒梅傲雪愈姣妍。

物华人美求真善，

淳厚德行化自然！

自 注：

诗取七绝第二种平仄格式。
韵脚在《诗韵集成》下平声一先，一韵到底。

读李贺《公莫舞歌》感怀

(七绝)

1983年7月24日

天崩秦末项刘争,

妇见仁人遁锦鲸。

成败难言千古事,

人间足训不沽名!

自注:

诗取七绝第一种平仄格式。

韵脚在《诗韵集成》下平声八庚,一韵到底。

题解:李贺诗《公莫舞歌》中有"……材官小臣公莫舞,座上真人赤龙子。芒砀云瑞抱天回,咸阳王气清如水……"的句子,笔者以为李贺诗技艺虽好,着意未免过于强调天命之意,项羽失败非无天命,乃人为之误尔。出于见解不同,故读后有感而发也。

孤逢
（七绝）

1983年10月2日

扬帆顺势放孤篷，

破浪行舟伴小童。

前路滔滔烟水境，

心知船到自然横！

自 注：

诗取七绝第一种平仄格式。
韵脚在《中华新韵》十八东通庚通押。

和卢梅坡梅雪之韵
（七绝）

1984年2月23日

梅雪靡争互未强，

迎春自在共流芳。

皆知异类无相状，

何故风牛比马香！

自 注：

诗取七绝第二种平仄格式。

韵脚在《诗韵集成》下平声七阳，一韵到底。

靡：不、没有。如其详靡得而闻焉。

题解：宋朝诗人卢梅坡的《雪梅》诗，早年读到它就令人称道。日子长了也有一点新的见解。原诗曰："梅雪争春未肯降，骚人阁笔费评章，梅须逊雪三分白，雪却输梅一段香。"诗好，是在技巧上。只是意思上有疑惑不解之处。事情在"梅雪争春未肯降"这起句上。客观世界里梅与雪是两种不同的事物，并无"争春"之意，只是因时令，季节（春天来了）才使其遇到了一起。它们是自在的，自为的，把无争的事物，硬拉在一起，让它们去争，继而又生发出梅逊雪白，雪输梅香的错误逻辑结果来，实在奇怪得很。笔者的和诗正是基于这一点写成的。然而，诗人同时写出的另一首"雪梅"诗却又另当别论了。诗曰："有梅无雪不精神，有雪无梅俗了人。日暮诗成天又雪，与梅并作十分春。"后边这一首诗，诗人转换了角度，把梅雪春看作是世界统一的整体，再从主观上发出微妙的感慨，竟是浑然天成，妙趣横生，真乃一曲千古绝唱了！

奔腾

（七绝）

1984年3月31日

积流千里在奔腾，

万卷藏书佐我情。

人到中年才立命，

聿修圣手愈从容。

自 注：

韵脚在《中华新韵》十七庚、十八东通押。

聿修圣手：诗经有聿修厥德之句，此诗中是修养品行及能力的意思，即由古而今的发挥。

乐山大佛
（七绝）

1984年9月

伟岸如山仰我佛，

烟波宝镜镇邪魔。

千年风雨曾经过，

播善云霞伴翠河！

自 注：

诗取七绝第二种平仄格式。
韵脚在《中华新韵》二波、三歌通押。

九寨飞瀑

（七绝）

1984年9月

高山云水出天涯，

奔泻飞珠散玉花。

沟壑琼林溪涌雅，

湖幽奇境别繁华！

自 注：

诗取七绝第一种平仄格式。
韵脚在《诗韵集成》下平声六麻，一韵到底。
九寨沟：县名。四川省阿坝藏族羌族自治州九寨沟县，西南有著名九寨沟风景区。是白水江上游白河南岸一条大支沟。
海拔2000米以上。沟内原有藏族九个村寨，因得名，原为林区，森林面积占42%，风景优美，有108个湖泊，各湖之间多飞瀑。

无题

（七绝）

1985年6月12日

有子糊涂世震惊，

傍观家教触心兵。

生当背水听君命，

偏地东篱草木荣！

自 注：

诗取七绝第二种平仄格式。
韵脚在《诗韵集成》下平声八庚，一韵到底。
偏地：陶渊明句"心远地自偏"，这里意在强调心远、心宽也。

斩阎罗

（七绝）

1985年8月3日

诗成七步笑诗魔，

煮豆燃萁可奈何。

高压捷才天佐作，

阴符十万斩阎罗！

自 注：

诗取七绝第一种平仄格式。

韵脚在《诗韵集成》下平声五歌，一韵到底。

阴符：《轩辕本纪》"玄女教（轩辕）帝三官秘略五音权谋阴阳之术。玄女传《阴符经》三百言。帝观之十旬，讨伏蚩尤。《隋书·经籍志》有《周书阴符》九卷，入兵家类……泛指古兵书战策"。

吏治
（七绝）

1985年10月2日

华日祥云唤荩臣，
古今吏治水深深。
苦心反腐黄将尽，
百尺竿头进一寻！

自 注：

诗取七绝第二种平仄格式。
韵脚在《诗韵集成》上平声十一真通侵通押。
荩臣：即忠臣。
寻：长度，古指八尺或六尺为一寻。

学子

（七绝）

1986年8月

学子今逢国运宏，

天高海阔任龙争。

八方域外随君幸，

学好皆为国干城。

自注：

诗取七绝第二种平仄格式。

韵脚在《诗韵集成》下平声八庚，一韵到底。

荒谬

（七绝）

1986年11月12日

洪氾蓝桥梦断头，

山盟海誓水东流。

人间万事多荒谬，

怨女痴男变永愁。

自注：

诗取七律第二种平仄格式。
韵脚在《诗韵集成》下平声十一尤，一韵到底。

巧遇宜人

（七绝）

1987年春

孔雀河边巧遇人，

无缘万里忆湘君。

长城脚下今重见，

却教同抛洒泪心。

自 注：

诗取七律第二种平仄格式。
韵脚在《诗韵集成》下平声十二侵通真转文通押。
宜人：适合人心。这里指可心之人。
题解：孔雀河——西藏阿里地区普兰县靠近边界的一条河流，当地人称孔雀河。过桥，河对面即尼泊尔。诗中说的"巧遇人"即当年在彼所遇宜人，虽无缘无分却常忆起这位犹如湘君般的女神。不期十年后却在长城脚下重见斯君，竟自还能认出，如今已成翁妪，虽无言以对，却喜同抛泪心，共感人间之高情厚谊，故此以小诗一首记之。

游京城

（七绝）

1987年春

京城美色暖融融，

柳绿桃红自有情。

君子观光多礼敬，

祖孙抱抱笑春风！

自注：

诗取七绝第一种平仄格式。
韵脚在《诗韵新编》十七庚、十八东通押。
几年未到北京，转眼之间面貌一新，不仅城市建设日新月异，而且人们的精神状态、文化气息，也有了很大的提升。从空气中也能嗅出开放的味道很浓。
末句：祖孙抱抱……这里说的不是爷爷抱着小孙女，而是说相拥的男女年龄差别太大……

游天池
（七绝）

1987年8月26日于乌鲁木齐

天池山水恋情悠，

天施游人尽自由。

士女相携频戏诱，

穆王阿母也含羞！

自注：

诗取七绝第一种平仄格式。
韵脚在《中华新韵》十二侯，一韵到底。
天池：古称瑶池。在新疆阜康县，是神话故事中仙人居住的地方。
"穆王阿母"句：相传周穆王西游，与西王母会于瑶池之上。西王母热情接待。穆王离去时，西王母作歌相送……穆王答曰："予归东土，和治诸夏。万民平均，吾顾见汝。此及三年，将复而野。"见《穆天子传》，穆王纵游之日，正国人饥哀之时。谓不重来，意穆王已死，不能践三年之约矣。此故事颇为含蓄。然而现代人中某些人就不顾一切喽！众人游乐场所，光天化日之下，故作姿态，调戏无度，旁若无人，令世人刮目，穆王阿母有知岂不羞乎！

警痴迷者

（七绝）

1987年11月27日

来去人间不足忧，

匆匆正要尽情游。

天堂门户无窥牖，

人去楼空屁末留！

自 注：

诗取七绝第二种平仄格式。
韵脚在《诗韵集成》下平声十一尤，一韵到底。

咒腐败者
（七绝）

日日辉煌步锦堂，

朝朝显赫气昂扬。

前途富贵终难忘，

来去昏沉梦不常！

自 注：

诗取七绝第二种平仄格式。

韵脚在《诗韵集成》下平声七阳，一韵到底。

感萧何
（七绝）

1988年2月11日

成也萧何败也何，

千年喜唱大风歌。

人间但愿萧何在，

万代中华大统和。

自 注：

诗取七绝第二种平仄格式。
韵脚在《诗韵集成》下平声五歌，一韵到底。
萧何是秦后汉初高祖刘邦打败项羽，并清除心腹之患韩信的足智多谋的丞相。他对中华民族大统基业的巩固与开辟，建立了史无前例的丰功伟绩。韩信之被杀似有冤屈，但他的死换得了大汉民族国家的统一与繁荣。在当时的历史背景下，他的死当是值得的。

糊涂经

（七绝）

1988年7月2日

尸位庸庸几度攀，

无能不学巧谋官。

糊涂难得真经念，

混水捉鱼诋古贤！

自 注：

诗歌七绝第二种平仄格式。

韵脚在《诗韵集成》下平声一先转寒删通押。

题解：现在有人常常挂在嘴边的一句话："难得糊涂"，并一再声明是郑燮说的。郑燮（板桥）是在怎样的情况下说的这句话，姑且不谈。我们今天的人，到底应该怎样理解使用这句话才是问题的关键。我不认为别人不懂，不过浑水摸鱼而已！

白云
（七绝）

1988年8月4日

白云入世本纯真，

有教千般染诲淫。

物类其群邻性近，

法规德化塑丹心！

自注：

诗取七绝第一种平仄格式。
韵脚在《诗韵集成》下平声十二侵通真通押。

有感贼心

（七绝）

1988年11月13日

处世仁和爱赞多，

无欺无诈众和和。

人间叹有贼心在，

秃鹫常能占鹊窝！

自 注：

诗取七绝第二种平仄格式。

韵脚在《诗韵集成》下平声五歌，一韵到底。

雨后初晴

(七绝)

1989年6月4日

长夜清风冷鄙情,

太阳一出避寒星。

霞飞东海波千顷,

顿扫残云万里晴。

自 注:

诗取七绝第二种平仄格式。
韵脚在《诗韵集成》下平声八庚、九青通押。

君子功德

（七绝）

1989年7月16日

致乱之由耐久察，

求安避祸虑能达。

艰难创业成佳话，

君子功德定国家。

自 注：

诗取七绝第二种平仄格式。
韵脚在《中华新韵》一麻，一韵到底。

松谷聆鸣

（七绝）

1989年秋

心存三法察民情，

松谷回听已步声。

眼底浮云闲顾命，

独聆深远有幽鸣。

自注：

诗取七绝第一种平仄格式。
韵脚在《诗韵集成》下平声八庚，一韵到底。
三法：周礼秋官司掌三刺三宥三赦之法，赞司寇听讼一刺曰讯君臣，再曰讯狱吏，三曰讯凡民，一宥曰识，再宥曰过失，三宥曰遗忘，一赦曰幼弱，再赦曰老耄，三曰蠢遇，以此三法者求民情也。（见《诗韵》解）
宥：宽宥，赦罪。

腐人
（七绝）

1989年12月19日

面对温良腐朽人，

素餐尸位自沉沦。

私心庸碌求威信，

一世卑微假作真！

自 注：

诗取七绝第二种平仄格式。
韵脚在《诗韵集成》上平声十一真，一韵到底。

叹疯狂

（七绝）

1990年2月7日

权力疯狂争倚傍，

归来卸甲自凄惶。

威风不再无人望，

未审如今入墓堂！

自 注：

诗取七绝第四种平仄格式。

韵脚在《诗韵集成》下平声七阳，一韵到底。

叹疯狂：权力一旦失控便会走向疯狂，疯狂的结果难免走入墓堂。就典型事例来说亦数不胜数！

游圆明园感赋
（七绝）

1990年4月7日于北京

圆明园里看心寒，

断瓦残垣忆百年。

八国盗贼劫圣殿，

杀人放火喊人权！

自 注：

诗取七绝第一种平仄格式。

韵脚在《诗韵集成》下平声十四寒转先通押。

题解：圆明园是清代名园之一，在北京海淀附近。康熙建于1780年，系环绕福海、万春、长春三园之总称，周围十余公里。凿湖堆山，种植奇花异木，罗列国内外名胜四十景，建筑物一百四十五处。庭园建筑形式独创，除中式建筑外还有海晏堂、远瀛观等西洋风格建筑群。景物之间用长廊、墙垣、桥梁与自然景观相连，艺术价值甚高，被誉为"万园之园"。1860年（咸丰十年）英法等八国联军寇犯北京，劫掠园中珍贵宝物后，纵火烧毁，1983年北京市政府集资修理万春园、福海、万花阵（欧式迷宫）定名为"圆明园遗址公园"。

黄鹤楼
（七绝）

1990年6月16日

驾鹤浮云已远游,

眼前惆怅倚危楼。

中华代代观不够,

故事激情韵味悠!

自 注:

诗取七绝第二种平仄格式。
韵脚在《中华新韵》十二侯,一韵到底。
危楼:高楼。

百花陈酿

（七绝）

1990年7月21日

百花丛里觅芬芳，

玛瑙葡萄制酒浆。

美味醇香因久酿，

甘甜苦辣在亲尝。

自注：

诗取七绝第一种平仄格式。

韵脚在《诗韵集成》下平声七阳，一韵到底。

骏马之梦
（七绝）

1991年9月19日

百代流年紫气盈，

夜闻箫管凤鸣声。

一朝众望盱千里，

祖告家驹跃汉庭！

自 注：

此诗取七绝第二种平仄格式。
韵脚在《诗韵集成》下平声八庚、九青通押。
盱：xū，张开眼睛看。

戏大鹏

（七绝）

1991年10月28日

此鸟生成性别群，

不飞不叫未绝尘。

而今振作飞鸣起，

一举冲霄两翼云！

自 注：

诗取七绝第二种平仄格式。
韵脚在《诗韵集成》上平声十一真转文通押。

幸福
（七绝）

1992年元旦

人生对酒许当歌，

浪打风吹闯爱河。

一路走来搏斗过，

妻贤子孝幸福多！

自 注：

诗歌七绝第一种平仄格式。
韵脚在《诗韵集成》下平声五歌，一韵通押。

饮酒歌

(七绝)

1992年2月16日

杯酒歪诗日有成,
— | — | | — —

抒怀度日也公平。
— — | | | — —

无须顾虚私心病,
— — | — — | |

尽可直言竖与横!
| | — — | | —

自 注:

诗取七绝第二种平仄格式。
韵脚在《诗韵集成》下平声八庚,一韵通押。

清明赋清词祭祖

（七绝）

1992年4月5日

槛内人为槛外书，

近年家祭渐荒疏。

岁间谨报仙音绕，

鹊伴儿孙唱碧梧。

自注：

诗取七绝第二种平仄格式

韵脚在《诗韵集成》上平声六鱼通虞通押。

槛外：槛 jiàn 另 kǎn，即门槛。信奉宗教的人称自己为"槛外之人"，一般人则相对为槛内人，既还未到槛外，既然是祭祀，理当如此。

梧：梧桐，一种树，平直叶如手掌。也称，碧梧。鹊绕梧桐意为太平，喜庆。

致朋友

（七绝）

1992年7月18日

举杯朋友解炎凉，

一醉拂仇意味长。

普济同舟来路上，

相携难处共风霜。

自 注：

诗取七绝第一种平仄格式。
韵脚在《诗韵集成》下平声七阳，一韵到底。

苏联解散周年祭祖

（七绝）

1992年10月

百尺危楼片刻崩，

艨衡巨舰蛀江倾。

长堤千里决一洞，

苏共消亡演变中！

自 注：

诗取七绝第二种平仄格式。
韵脚在《中华新韵》十七庚、十八东通押。
苏共消亡：1991年"八一九"事件后解散。

交杯
（七绝）

1993年2月5日

交杯美酒共芬芳，

醉后情愁一扫光。

竞唱良宵诗债账，

月圆新意梦悠长！

自 注：

诗取七绝第一种平仄格式。
韵脚在《诗韵集成》下平声七阳，一韵到底。

轮台怀古
（七绝）

1993年春

叹尔临风咏絮才，

天山飞跃抵轮台。

昼思陆子冰河梦，

怀古无忧国泰来。

自 注：

诗取七绝第二种平仄格式。
韵脚在《诗韵集成》上平声十灰，一韵通押。
从新疆乌鲁木齐到南疆旅游，结伴而行，旅伴们歌唱吟诗一路好不快活。当翻越天山到轮台歇脚，兴致不减。遂想到陆子曾有"尚思为国戍轮台"之句，联系眼前和平景象，浮想联翩，遂凑成绝句一首记下。
陆子：陆游。

嘲庸人

（七绝）

1993年夏

聪明高唱学糊涂，

为己维人有意图。

出卖良心谋利处，

残羹分得一杯无？

自 注：

诗取七绝第一种平仄格式。
韵脚在《诗韵集成》上平声七虞，一韵到底。

钱与人

（七绝）

1993年8月29日

神力拂石可变金，

金钱魔力鬼通神。

凡胎肉眼偏不信，

你殉金钱我塑人。

自 注：

诗歌七绝第二种平仄格式。
韵脚在《诗韵集成》下平声十二文通真通押。

樽酒浮名

（七绝）

1994年2月19日

诗情言志藻辞难，

千载传承或有缘。

樽酒平生如宿愿，

浮名不惑近当年。

自 注：

诗取七绝第一种平仄格式。
韵脚在《诗韵集成》上平声十四寒转下平声一先通押。

访归侨，记乡情

（七绝）

1994年5月6日

故乡山水几多情，

别去权当了一生。

旅雁春归如晓梦，

十年衫鬓两青青！

自注：

诗取七绝第一种平仄格式。
韵脚在《诗韵集成》下平声八庚、九青通押。
题解：此诗记笔者熟悉的一位归侨，当年不得已出游，但依然不忘故里，开放后归来已逾十载，如鱼得水，如虎归岳，意气风发，青春不老，令人一叹！

狂吟醉赋

（七绝）

1995年5月22日

无比无兴巧构思，

狂吟醉赋壮怀诗。

凝成爱恨呕心血，

妙在前人未语时！

自注：

诗取七绝第二种平仄格式。
韵脚在《诗韵集成》上平声四支，一韵到底。

无题
（七绝）

1995年8月17日

万物生来互辅成，

惟独人类允公平。

大才大用由谁定，

何故无能妒有能。

自 注：

诗取七绝第二种平仄格式。
韵脚在《诗韵集成》下平声八庚、十蒸通押。

说破真情
（七绝）

1996年元月21日

有典之言敬畏多，

有言无典也成歌。

人心思事求真态，

说破真情佩剑摩！

自 注：

诗取七绝第二种平仄格式。
韵脚在《诗韵集成》下平声五歌，一韵到底。

民心
（七绝）

1996年春

建国牺牲靠庶民，
ˉ ˇ ˉ ˉ ˇ ˇ ˉ

改革阵痛倚工人。
ˇ ˇ ˇ ˇ ˇ ˉ ˉ

兴邦大计聆听党，
ˉ ˉ ˇ ˇ ˉ ˉ ˇ

科技强军看学林。
ˉ ˇ ˉ ˉ ˇ ˇ ˉ

自注：

诗取七绝第二种平仄格式。
韵脚在《诗韵集成》上平声十一真、下平声十二侵通押。
学林：学问之林，比喻各种学科之总汇。

重游老山有感

（七绝）

1996年5月1日

故地重游上老山，
｜ ｜ － ｜ －

如今翠柏已参天。
－ － ｜ ｜ ｜ －

晴岚老岳生神气，
－ － ｜ ｜ － － ｜

空谷山人意盎然！
｜ ｜ － － ｜ ｜ －

自 注：

诗取七绝第二种平仄格式。
韵脚在《诗韵集成》上平声十五删转一先通押。

大漠游人
（七绝）

1996年8月1日

西域边城五彩天，

关山送客著长鞭。

千年红火丝绸路，

大漠游人伴月眠。

自 注：

诗取七绝第二种平仄格式。
韵脚在《诗韵集成》下平声一先，一韵到底。

感苏章之廉

（七绝）

1996年8月13日

方正苏章不辱冠，

议郎高第见忠肝。

难知刺史今天酒，

太守空矜有二天！

自 注：

诗取七绝第二种平仄格式。

韵脚在《诗韵集成》上平声十四寒转先通押。

题解：这首诗是笔者读过一则历史故事而作。其简略背景是，《后汉书·苏章传》载：苏章人品正直被地方举为贤良方正，金殿对策，封为议郎，顺帝时迁冀州刺史。苏章按部里指令查案，正巧查到他的一个老熟人、朋友清河太守头上，他犯了奸污奴仆之罪。苏章思考后便请他的这位太守好友饮宴。酒席上谈到了平时交好的感情，太守非常欢喜地说："人皆有一天，我独有二天。"苏章平静地答道："今夕苏孺子与故人饮，私恩也；明日冀州刺史案事者，公法也。"第二天按律举正了太守的罪行……古人也有这样秉公办事的人，其精神真是令人敬佩！

感古人隐居（因政治避难者除外）
（七绝）

1996年10月25日

草木芳菲去不虚，

高人何故必深居。

若非故弄玄虚者，

疑是无端自守愚！

自 注：

诗取七绝第二种平仄格式。
韵脚在《诗韵集成》上平声六鱼、七虞通押。

劝学

（七绝）

1997年2月13日

冷眼人生见识多，

热衷享受浪逐波。

青春无学消磨过，

老迈难为叹楚歌！

自 注：

诗取七绝第二种平仄格式。
韵脚在《诗韵集成》下平声五歌，一韵到底。

征鸿

（七绝）

1997年5月20日于乌鲁木齐

风云展转类征鸿，

岁月丹青写俊容。

浪迹天涯增悦性，

携妻掖子掌孤篷！

自 注：

诗取七绝第一种平仄格式。
韵脚在《诗韵集成》上平声一东、二冬通押。
浪迹：漂泊不定。见《现代汉语词典》"迹"字在《同音字典》注为阴平，我用为前者。
鸿：鸿雁。征鸿，比喻志向远大。、
题解：此诗写于归乡前夕。

进京行前勉吾儿阿飙

（七绝）

1997年6月6日

风云生处上凌霄，

砺带山河志气高。

日月光明时运到，

阴霾驱散待狂飙！

自 注：

诗取七绝第一种平仄格式。

韵脚在《诗韵集成》下平声四豪通萧通押。

进京：由于小女儿孙菊进京工作，自己也准备携妻进京安居，分别前特作此诗勉吾儿阿飙努力进取之意。后因女儿工作选在大连，全家也都随之来到大连。

砺带山河：山小得像磨刀石，河小得像带子，比喻国家经历了十分久远的年月仍能安然存在，个人在社会上也要经过艰苦磨炼，方能立足。砥砺人生之意。

手足
（七绝）

1977年6月20日于新民

手足之心贵气通，

平生难忘一厢情。

时空久远隔不断，

一聚欢欣似小童。

自 注：

诗取七绝第二种平仄格式。
韵脚在《中华新韵》十八东通庚通押。

如意人生
（七绝）

1997年7月8日于大连

气壮青年百不愁，

老来西水顺东流。

东西南北随云留，

如意人生我自求！

自 注：

诗取七绝第二种平仄格式。
韵脚在《诗韵集成》下平声十一尤，一韵到底。

闯荡
（七绝）

1997年7月24日于大连

出山一笑四十年，

闯荡人间识暖寒。

孤旅长途搏路险，

归来梦醒感酸甜。

自注：

诗取七绝第一种平仄格式。
韵脚在《诗韵集成》下平声一先通盐转寒通押。

酩酊

（七绝）

1997年7月28日于大连

蓝天空旷荡鲲鹏，
- - | | - | -

大海波涛伴酒行。
| | - - | | -

前路酩酊难猛醒，
- | - | - | |

胸怀必到自知情！
- - | | | - -

自 注：

诗取七绝第一种平仄格式。
韵脚在《诗韵集成》下平声八庚通蒸通押。
酩酊：在此词中"酊"字发音为上声 dǐng，但在酒精的意义上说也发平声，醉在酒精作用的结果，故我取平声之意用之。

升旗
（七绝）

1997年10月1日

义勇军歌气象雄，

千年苦难染旗红。

长城万里原强大，

今古东方仰赤龙！

自 注：

诗取七绝第一种平仄格式。
韵脚在《诗韵集成》上平声一东通二冬通押。

商海"奇才"

（七绝）

1998年2月17日

商海"奇才"发大财，

金融炒股滥成灾。

无非公款挪私债，

此辈无归下场哀！

自 注：

诗取七绝第二种平仄格式。
韵脚在《诗韵集成》上平声十灰，一韵到底。

金屋
（七绝）

1998年5月18日

物质聚敛我弗如，

文化传承未可输。

创出精神财富路，

无形幻化作金屋！

自 注：

诗取七绝第二种平仄格式。
韵脚在《中华新韵》十姑，一韵到底。
弗：不。在古韵中读入声，新韵读阳平。

长城

（七绝）

1998年8月1日

公认奇迹人世罕，

宇航唯见地栅栏。

砖石伟物终极限，

血肉长城可比坚。

自 注：

此诗取七绝第四种平仄格式。（首句不入韵）
韵脚在《诗韵集成》下平声一先转寒通押。
"栅栏"一词的"栅"字，这里按《辞海》规定可读平声。

大河

（七绝）

1998年8月11日

激流澎湃破尘埃,

滚滚惊涛荡地来。

一泻东方承万代,

孕怀华夏凤龙胎!

自 注:

诗取七绝第一种平仄格式。
韵脚在《诗韵集成》上平声十灰,一韵到底。
大河:指黄河。

中秋月上

（七绝）

1998年9月21日

秋承夜露草含香，

美酒浓斟碧玉觞。

一醉溪旁双月上，

浮生片刻享阴阳。

自 注：

诗取七绝第一种平仄格式。
韵脚在《诗韵集成》下平声七阳，一韵到底。

秋菊
（七绝）

1998年10月2日

中秋晨露浴清癯，

院落梧桐掩四隅。

弱柳柔枝寒噤气，

明黄飒爽赏金菊。

自 注：

诗取七绝第一种平仄格式。
韵脚在《中华新韵》十一鱼，一韵到底。

教子
（七绝）

1999年2月17日

千言万语紧叮咛，

教子从严父母情。

溺爱时时留毒性，

由来出事悔今生。

自 注：

诗取七绝第一种平仄格式。

韵脚在《诗韵集成》下平声八庚、九青通押。

题解：某友一向溺爱子女，致使子女不学无术，一事无成。今突闻其子因染毒而被劳教，不胜其悲，故写诗一首以诫时人。

重访边寨老友
（七绝）

1999年8月21日

春来访友浴金风，

边寨当年手足同。

一别青丝灰白重，

同羞老态面彤红。

自 注：

诗取七绝第一种平仄格式。
韵脚在《诗韵集成》上平声一东，一韵到底。

远家山
（七绝）

1999年10月9日

半生奋斗远家山，

志在东西作勇男。

日感归来闻住苦，

神游佳处是边关！

自 注：

诗取七绝第一种平仄格式。
韵脚在《诗韵集成》上平声十五删通覃通押。

报效

（七绝）

1999年11月20日

爱国爱家思反哺，

文翁化蜀教张叔。

尊师一日程门雪，

报效当如子事姑。

自注：

诗取七绝第四种平仄格式。

韵脚在《中华新韵》十姑，一韵通押。

反哺：鸟雏长大卫衔食哺其母，喻子女奉养父母。《本草纲目·禽部》："慈乌：此鸟初生，母哺六十日，长则反哺六十日，可谓慈教矣。"

文翁：《汉书·文翁传》："文翁……景帝末为蜀郡守。仁爱好教化，见蜀地辟陋，有蛮夷风。文翁欲诱进之，乃选郡县小吏开敏有材者张叔等十余人，亲自经历，遣诣京师，受业博士……又修起学宫于成都市中，招下县子弟以为学宫子弟……武帝时，乃今天下郡国皆立学校官，自文翁始云……至今巴蜀好文雅，文翁之化也。"明代何景明《送盛斯征巡抚四川》："征南诸葛筹先定，化蜀文翁事更宜。"

程门雪：即"立雪程门"之典。《宋史·相时传》："杨时见程颐于洛，时年盖四十矣。一日见颐，颐偶瞑坐，时与游酢侍立不去。颐既觉，则门外雪深一尺矣。"清赵翼《梅花》有云："单身立雪程门弟，素面朝天虢国姨。"

赠新疆劳动厅前书记季逵生同志

（七绝）

1999年12月28日

生花妙笔是公文，

意气廉能敬重君。

相与舛途承济运，

为人难忘友情殷。

自 注：

诗取七绝第一种平仄格式。

韵脚在《诗韵集成》上平声二十文，一韵到底。

舛途：（舛 chuǎn，喘）。指人生的遭遇，经历。

王勃《滕王阁序》："时运不齐，命途多舛。"

赠新疆编委前副主任傅锡宝同志
（七绝）

1999年12月30日

为官正气有公心，

菩萨心肠贵识人。

政务繁忙游己任，

清风两袖作甘霖！

自 注：

诗取七绝第一种平仄格式。
韵脚在《诗韵集成》下平声十二侵通真通押。

忆友人
（七绝）

2000年元月22日

风光虽是家乡好，

西域归来未忘还。

忆去年年双假日，

民族老友喜猜拳。

自注：

诗取七绝第三种平仄格式。
韵脚在《诗韵集成》下平声一先，一韵通押。
双假日：在新疆既过春节又过民族的"库尔班节"，因此称双假日，与现在的双休日不同。

祭铁人
（七绝）

2000年4月5日

当年原野太凄凉，

钻探石油苦断肠。

玩命铁人拼命上，

"贫油"大帽甩洪荒！

自 注：

诗取七绝第一种平仄格式。
韵脚在《诗韵集成》下平声七阳，一韵通押。

参透
（七绝）

2000年5月13日

参透人生志趣多，
- | - | - | -

惜阴自贵宝刀磨。
- - | - | -

不违天命从心欲，
| - - | | - |

更奏青春九夏歌！
| | - - | | -

自 注：

诗取七绝第二种平仄格式。
韵脚在《诗韵集成》下平声五歌，一韵到底。
天命：这里泛指自然科学规律，非宗教迷信之类。
九夏：即夏季。因夏季有九十天而名，陶潜《荣木》诗序，"日月推迁，已复九夏。"另解为古乐名：《周礼·春官·钟师》，"凡乐事以钟鼓奏九夏：王夏、肆夏、昭夏、纳夏、章夏、齐夏、族夏、祴夏、鹜夏。"郑玄注："九夏皆诗篇名，颂之族类也。此歌之大者载入乐章……"

读《拿破仑传》感台独

（七绝）

2000年5月25日于大连

订盟城下用何多，

铁腕常能奏凯歌。

婊子老牌随处有，

喜迎强者慰蹉跎。

自 注：

此诗七绝第一种平仄格式。

韵脚在《诗韵集成》下平声五歌，一韵到底。

婊子老牌：拿破仑在一次外交谈判中，把他的对手称作婊子老牌，专喜人强迫。这里是政治上的比喻。类似中国的"又想当婊子，又想立牌坊"之意，拿氏的话突出强制性。

慰蹉跎：蹉跎，时光空过，蹉跎失足，苏轼送秦少章诗有"妙语慰蹉跎"之句。

井蛙

（七绝）

2000年7月29日

井底之蛙少见天，

微身跬步感寒酸。

无思上进心灰暗，

忘却寻根认祖先！

自 注：

诗取七绝第二种平仄格式。
韵脚在《诗韵集成》下平声一先转寒通押。
题解：此诗缘起为爱国主义教育一事。现有一些青少年对此不理解，甚至持反感态度，因此写诗一首，以抒所感。诗曰："井底之蛙少见天，微身蛙步感寒酸。无思爱国心灰暗，忘却生来有祖先！"诗草成后，修改中又有所悟，最后成为现在的模样，不知读者能否玩味出什么差异来。

忆天山
（七绝）

2000年10月3日

久别天山马足尘，

草原花艳忆怀春。

每逢寂寞钩陈日，

月照博峰入梦频。

自注：

此诗取七绝第二种平仄格式。
韵脚在《诗韵集成》上平声十一真，一韵到底。
"忆天山"题解：由于笔者曾长期在新疆工作，一旦离开日久，常有一些宝贵的事浮出记忆，故有此赋。
"钩陈"句：钩陈，非"钩沉"也。这里指努力回思过去的一件件事情。
"博峰"句：即博格达峰，在新疆维吾尔自治区中部。属北天山中段的博格达山，是准噶尔盆地和吐鲁番盆地的界山，东西走向320公里，宽40~70公里，平均海拔4000米以上，主峰博格达峰位于山脉西端，海拔5445米。峰麓有天山天池，风景秀丽。

何故拜人神

（七绝）

2001年元月26日

造物居心滥吾心，

为人何故拜人神。

巫婆神汉由胡吣，

男女浑然信有真。

自 注：

诗取七绝第二种平仄格式。
韵脚在《诗韵集成》下平声十二侵通真通押。
吣：qìn，猫、狗的呕吐，指人胡说。
题解：批"法轮功"练习者闹事。

天使

（七绝）

2001年2月6日

凡人谁可问天荒，

天使之言在圣堂。

遗憾虔诚祈祷者，

天颜从未使瞻祥！

自 注：

诗取七绝第一种平仄格式。
韵脚在《诗韵集成》下平声七阳，一韵到底。

悔无图

（七绝）

2001年2月22日

晨昏噩耗信虚无，

瞎马盲人望坦途。

滥费光阴成古墓，

为人作嫁悔无图。

自注：

诗取七绝第一种平仄格式。

韵脚在《诗韵集成》上平声七虞，一韵到底。

智能与昏庸

（七绝）

2001年3月3日

人因学识月窗明，

迷信昏庸毁智能。

科学真实能论证，

凭空臆测鬼移情！

自 注：

诗取七绝第一种平仄格式。
韵脚在《诗韵集成》下平声八庚、十蒸通押。

五年回首
（七绝）

2001年8月26日

自诩当年敬业痴，

假休撒手别因时。

五年回首凝人事，

笑谓急流勇退迟！

自 注：

诗取七绝第二种平仄格式。
韵脚在《诗韵集成》上平声四支，一韵到底。

自由……野蛮……

（七绝）

2001年9月20日

自由贿选有人缘，

扭曲人权霸主权。

高唱和平听导弹，

野蛮威力是金圆！

自 注：

诗取七绝第一种平仄格式。
韵脚在《诗韵集成》下平声一先，一韵到底。

谁人仗势仗谁人 —— 感巴以之争

（七绝）

2002 年元月 26 日

枪林弹雨泣冤魂，

争霸千年自有因。

拉架偏偏无理论，

谁人仗势仗谁人？

自 注：

诗取七绝第一种平仄格式。

韵脚在《诗韵集成》上平声十三元转真通押。

看《三国》感时事
（七绝）

2002年2月21日晚

纵观鼎立有天时，

国际邦交我自知。

互动从来因制胜，

而今强大再无欺！

自 注：

诗取七绝第一种平仄格式。
韵脚在《诗韵集成》上平声四支，一韵到底。

示儿

（七绝）

2002年3月28日

心急火燎盼书成，

几载推敲苦赋情。

一旦功成帛竹著，

家传世代念爷名。

自注：

诗取七绝第一种平仄格式。
韵脚在《诗韵集成》下平声八庚，一韵到底。

予言

（七绝）

2002年4月30日

山川秀气不独钟，

古有天朝命世雄。

现代繁荣新奉献，

西风过后看东风。

自注：

诗取七绝第一种平仄格式。
韵脚在《诗韵集成》上平声一东、二冬通押。

纪念毛泽东《在延安文艺座谈会上的讲话》发表60周年

(七绝)

2002年5月1日

弘文正本在清原，
- — | — | — —

文艺为谁仔细谈。
— | — — | | —

思想有为才具运，
| | — — — | |

文心活水有渊源。
— — | | | — —

自 注：

诗取七绝第一种平仄格式。

韵脚在《诗韵新编》十四寒，一韵通押。

题解：毛主席《在延安文艺座谈会上的讲话》中突出强调，文艺为什么人的问题，这是个原则问题。具体地说，就是为多数人还是为少数人的问题。还有人以纯文艺为借口，都是变味的，没出路的……文艺究竟是为什么人的？他引经据典地说：马克思主义者特别是列宁，在一九〇五年就已着重指出过，我们的文艺应当"为千千万万劳动人民服务"。也就是为人民大众服务。

心灵的翅膀

（七绝）

2002年5月10日凌晨

阴差阳错命难违，

羁绊心灵映月辉。

一旦争脱随意去，

长鸣振翅任翱飞！

自 注：

诗取七绝第一种平仄格式。
韵脚在《诗韵集成》上平声五微，一韵到底。

愤笔
（七绝）

2002年5月16日

仗马之鸣破伪喑，

神童少作语骄人。

繁荣诗渐无人问，

愤笔狂吟感自珍！

自注：

诗取七绝第二种平仄格式。
韵脚在《诗韵集成》下平声十二侵、上平声十一真通押。
繁荣诗渐：龚自珍有"诗渐凡庸人可想，侧身天地我蹉跎"之句。龚所处是"万马齐喑"的时代，我们今天是"百花齐放，百家争鸣"的时代。时代虽不同了，但事业的发展也难以齐头并进。就如今之诗歌而言，也还有需大家努力之处。就此而言，笔者颇有所感，故写此诗，以醒同仁之目也。

迎我孙
（七绝）

2002年5月24日16时

门庭光耀靠传人，

乃祖高悬报国心。

尔旦天生承素志，

爷今虽老可教孙！

自 注：

诗取七绝第一种平仄格式。
韵脚在《诗韵集成》下平声十二侵通真转元通押。

祝浩哥诞辰

（七绝）

2002年5月31日

浩浩天来祝我孙，

德风逐浪感传人。

潮流祈盼追无逊，

举业功成塞上动！

自 注：

诗取七绝第二种平仄格式。
韵脚在《诗韵集成》上平声十一真转元、文通押。

题夫人六十岁生日

（七绝）

2002年7月5日

有感姻缘往世恩，

天涯海角觅情真。

十年万里无疑问，

难得君心似我心！

自 注：

诗取七绝第二种平仄格式。
韵脚在《诗韵集成》下平声十二侵通真转元通押。

钓渭滨
（七绝）

2002 年 7 月 6 日

伯乐今时敢看人，

六十侥幸闯龙门。

我身惟愿如松劲，

也学捌拾钓渭滨。

自 注：

诗取七绝第二种平仄格式。
韵脚在《诗韵集成》上平声十一真转元通押。
伯乐：相传古之善相马者，也比喻识人。"伯"字平时读阳平，在古体诗中读仄声。
钓渭滨：姜太公年届八十钓于渭水之滨，后遇周文王请他出世，辅佐其定天下大事。此处是借此典提倡老有所学，别无他意。
"也学捌拾……"句中"捌拾"按体例应用小写"八十"，但因"八"字在古体诗中读仄声，此处不能用。而大写"捌"字读阴平却无妨，故用大写变通，小写"十"也自然用作大写"拾"相适应。故此，"八十"写作"捌拾"当不为过。

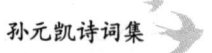

感"邪恶轴心"说

（七绝）

2002年7月16日

"邪恶轴心"语似浑，

肆无忌惮口无唇。

贪心不足蛇吞象，

坐井观天识几人！

自注：

诗取七绝第二种平仄格式。
韵脚在《诗韵集成》上平声十三元转真通押。
题解：据《大连晚报》2002年2月5日报道，美国总统布什在国情咨文中公开将伊拉克视为支持恐怖活动的三个"邪恶轴心"国之一，并扬言要教训萨达姆。讲话发表后，欧美报纸喧嚣一时。2月3日英《星期日泰晤士报》披露，美军事战略家向布什递交了一份八个星期"搞颠"萨达姆的秘密计划，大有山雨欲来风满楼之势……

自豪

（七绝）

2002年8月4日

天教义士识歪才，

拙作吟成赏秀槐。

国粹传承孰可贷，

抒情真正自豪来！

自 注：

诗取七绝第一种平仄格式。
韵脚在《诗韵集成》上平声十灰，一韵到底。

投向平民的第一颗原子弹
（七绝）

2002年8月6日于大连

长崎广岛爆蘑云，

战犯厮杀起战尘。

科技文明遗大恨，

平民永远作冤魂！

自 注：

诗取七绝第一种平仄格式。

韵脚在《诗韵集成》上平声十一真转文、元通押。

题解："二战"结束近六十年了，归根结底是资本主义走向帝国主义，战争罪犯们疯狂挑战而引起，结果是战犯们没有一个得到好下场！但是，人群中总会有那种嗜血成性，嗜财如命的罪魁祸首们，他们似乎永远也不懂什么叫历史教训，总是像猪一样"记吃不记打！"君不见日本军国主义者的亡灵不散——不见世界霸权主义者在到处实施核讹诈，世界和平人民无一日不生存在核阴影之中⋯⋯爱好和平的世界人民，警惕啊！

看影片《金戈铁马》感赋

（七绝）

2002年8月9日

铁马金戈血战多，

南泥湾里谱春歌。

中原突破层层锁，

垦戍新疆万物和！

自 注：

诗取七绝第二种平仄格式。
韵脚在《诗韵集成》下平声五歌，一韵到底。
题解：《金戈铁马》政治标准好，艺术水平高，是歌颂无产阶级革命家王震等老同志的优秀作品，看后感慨良多。笔者长期在新疆工作，耳闻目睹颇多，王震进疆后做了大量工作。来自群众中记忆特别深刻：新疆八一农学院、八一钢铁厂、七一棉纺厂、石河子垦区的建设，新疆生产建设兵团屯垦戍边的业迹，每一项建设事业的成功都和王震的呕心沥血分不开……睹片思人感动至深，故有此赋。

预祝神舟四号发射成功

（七绝）

2002年8月15日

火箭神舟不染埃，
｜｜－－｜｜－

梁园赋客敢言才。
－－｜｜｜－－

春光华夏时时再，
－－－｜－－｜

上国无忧敌寇来！
｜｜－－｜｜－

自注：

诗取七绝第二种平仄格式。
韵脚在《诗韵集成》上平声十灰，一韵到底。
"梁园赋客"：见苏轼"梁园赋客肯言才"句。泛指识才、赞才之意。

感柏杨《中国人，你活得好没有尊严》
（七绝）

2002年8月16日

须知中国是亲娘，

美丑何能品短长！

不肖子孙随教育，

儿嫌母丑太荒唐！

自 注：

诗取七绝第一种平仄格式。

韵脚在《诗韵集成》下平声七阳，一韵到底。

题解：俗话说，"儿不嫌母丑，狗不嫌家贫"。中国近代的落后，中国人的某些缺点，甚至是丑陋，不是不能说，而是看你站在哪种角度上说，以及怎样说。近读《作家文摘》报2002年8月13日16版，介绍柏杨在香港书展推出了新作《中国人，你活得好没有尊严》，大作尚未拜读只觉一股邪气直冲天目！联系十六年前第一次拜读大作《丑陋的中国人》，真是感慨莫名！中国是有一些不肖之子。俗话说，林子大了什么鸟都有！比如说中国历朝历代都有汉奸、卖国贼。中国男子曾蓄长辫，女人曾裹小脚……请问：难道就为这些就可以把自己的祖国母亲骂得猪狗不如吗？中国不是靠妄自菲薄、自我污辱才赶走帝国主义者的统治。中国是靠近百年来人民大众的流血牺牲，才换来的强大。到今天，连旧日的凤敌也不得不承认中国现代的发展和强大！最不能容忍的是，一个自诩为中国人的人，靠着骂中国人过日子，才真正是"活得好没有尊严！"

感京戏国际票友大赛
（七绝）

2002年8月20日

煌煌国粹欲留传，
－－｜｜－－

累月经年几百篇。
｜｜－－｜｜－

一代新人谋改变，
－｜－－－｜｜

鸿图更待笔如椽！
－－｜｜｜－－

自 注：

诗取七绝第一种平仄格式。

韵脚在《诗韵集成》下平声一先，一韵到底。

寄秋桐

（七绝）

2002年8月26日

风云际会识秋桐，

出版新诗寄我情。

或许他年能展翼，

与君同作鹤松鸣。

自 注：

诗取七绝第一种平仄格式。
韵脚在《诗韵集成》下平声八庚，一韵到底。
诗中人名是虚拟的，笔者从实则虚之的手法做到尊重个人隐私才如此的。作为一个写诗的人，自然想把自己满意又有真实性的东西献给读者，希望大家欣赏，并从中感受情趣。

第一卷诗校样阅毕感赋

（七绝）

2002年8月31日

校样熟读泪眼盈，
| | — — | |

斑斑点点刻心铭。
— — | | | — —

皆因热血今潮涌，
— — | | — — |

致教终生弱水横。
| | — — | | —

自注：

诗取七绝第二种平仄格式。

韵脚在《诗韵集成》下平声八庚、九青通押。

弱水：古水名。有力不胜芥或不胜鸿毛之说。凡水道由于水浅或当地人不习造船而不通舟楫，只用皮筏交通的，古人往往认为是水弱而不能胜舟，因称"弱水"。古籍所载弱水甚多……《山海经·西山经》："劳山，弱水出焉，而西流注于洛。指今陕西北部洛水上游……"另《山海经·大荒西经》：昆仑之丘"其下有弱水之渊"……这里"弱水横"是笔者自喻、自励之意……

读王蒙

（七绝）

2002年9月13日

华章命世见才雄，

堪比文豪鲁迅工。

世代神童皆苦痛，

诗悲难重数王蒙。

自注：

诗歌七绝第一种平仄格式。
韵脚在《诗韵集成》上平声一东，一韵通押。

恐怖冠名
（七绝）

2002年9月24日

以军何故践家园？

蹂躏邻邦敢厚颜！

恐怖冠名谁说算？

盟军疑似有专权！

自注：

诗取七绝第一种平仄格式。

韵脚在《中华新韵》十四寒，一韵到底。

作婊

（七绝）

2002年9月26日

虎兔相搏看齿寒，

美英倒萨或无难。

强词动手心卑贱，

作婊还思盖丑颜！

自 注：

诗取七绝第二种平仄格式。
韵脚在《中华新韵》十四寒，一韵到底。

桀犬
（七绝）

2002年9月28日

环球震荡恶风回，

犬吠桀狂世感危。

睡醒东方狮自贵，

咆哮五岳斗神威！

自 注：

诗取七绝第一种平仄格式。

韵脚在《诗韵集成》上平声四支通微、灰通押。

东方狮：拿破仑当年称中国为东方睡狮，现睡狮已醒……

耄期之期

（七绝）

2002年9月29日

耄耋心意望盈余，

老骥斯文尚可拘。

欲破陈规求大计，

耄期款步也疾徐。

自 注：

诗取七绝第一种平仄格式。
韵脚在《诗韵新编》十一鱼，一韵通押。
耄耋：mào dié（冒迭）年龄在七八十岁的人。
耄期：年龄在百岁以上的人。
题解：此诗题意为切盼长寿之意。

内政

（七绝）

2002年10月2日

内政邦交月气高，

国民经济日扶摇。

民族团结真和好，

敢向寰球比自豪。

自注：

诗取七绝第二种平仄格式。
韵脚在《诗韵集成》下平声二萧、四豪通押。
月气：陶潜《祭从弟文》注："静月之质也，澄月之气也，继长增高。"礼月令注孟夏之月，物无不长无不高。此处意为，我内政外交，正如皓月当空，一派升腾兴旺之象也。
扶摇：急剧盘旋而上的暴风。《尔雅·释天》："扶摇谓之猋。"成玄英疏："扶摇，旋风也。"
李白《上李邕》诗："大鹏一日同风起，扶摇直上九万里。"

榴花开处

（七绝）

2002年10月11日

流水高山古韵悠，

榴花开处运良俦。

素质数量瞧人口，

我国如今两不愁！

自注：

诗取七绝第二种平仄格式。
韵脚在《诗韵集成》下平声十一尤，一韵到底。
题解：此诗为纪念中共中央《关于控制人口发展给中国共产党员、共青团员的一封公开信》发表25周年而作。

栀子花开

（七绝）

2002年10月23日

天助凡人落笔成，

余生再次问前程。

从今自我衔天命，

栀子花开注六情。

自 注：

诗取七绝第二种平仄格式。
韵脚在《诗韵集成》下平声八庚，一韵到底。
"栀子……六情"句：栀，zhī 知。栀子，栀子树，白花黄果，可入药亦可做染料。段成式《酉阳俎·广动植之三》："诸花少六出者，惟栀子花六出（六片花瓣）。"《白虎通·情性》："六情者何谓也？喜、怒、哀、乐、爱、恶谓六情。"见《辞海》此句诗以栀子花开自喻，自抒也。
题解：此诗为《孙元凯诗词集》成功出版而作。

江泽民访美感赋

（七绝）

2002年10月25日

大国相容重礼仪，

和平共处在无欺。

美中合作如诚意，

关键言行看统一。

自 注：

诗取七绝第二种平仄格式。
韵脚在《中华新韵》七齐，一韵到底。

诗碑

（七绝）

2002年10月27日

盈窗初雪絮纷飞，

喜品新茶兴四维。

昨叩寺门敲字醉，

长吟来日刻诗碑！

自 注：

诗取七绝第一种平仄格式。

韵脚在《诗韵集成》上平声五微、四支通押。

登高喜赋

（七绝）

2002年10月31日于大连

春秋有感登高日，

伴侣知音共赋时。

酌酒当为偕老事，

过门永世乐君知。

自 注：

诗取七绝第三种平仄格式。

韵脚在《诗韵集成》上平声四支，一韵到底。

题解：此诗写在老来加入作协，踏上文坛一刻的心境。"偕老事"用以比喻伴随终生的从文事业，非他意也。

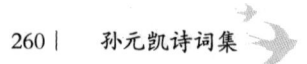

感"驴""象"之争

（七绝）

2002年11月5日

"驴""象"之争演幻情，

军商巨贾佐输赢。

卡通人物由操纵，

民意人权苦涕零！

自 注：

诗取七绝第二种平仄格式。

韵脚在《诗韵集成》下平声八庚、九青通押。

题解：2002年11月4日《大连日报》以"'驴''象'选战正酣，布什克林顿齐上阵"为题发表消息说："随着美国中期选举投票（本月5日）的临近，美国民主党和共和党的争夺也日趋白热化……布什和前总统克林顿都前往佛罗里达为各自党派参选佛州州长的候选人拉选票。布什助选的是他弟弟……而克林顿支持的是民主党候选人……"

寄"十六大"新一届领导集体
（七绝）

2002年11月9日于大连

先烈红岩泣血吟，

国门礼炮已听真。

人尊代代须聆训，

反腐遗言谨记心！

自 注：

诗取七绝第二种平仄格式。
韵脚在《诗韵集成》下平声十二侵通真通押。

东方

（七绝）

2002年11月16日

红霞万朵映东方，

五岳龙头得意扬。

内外灵犀同振荡，

愚公一脉咏诗狂！

自 注：

诗取七绝第一种平仄格式。

韵脚在《诗韵集成》下平声七阳，一韵到底。

题解：此诗感"十六大"胜利闭幕。

一个党员对自己说

（七绝）

2002年11月19日

无能落后不超群，

腐朽灵魂罪恶身。

利欲熏心逐土粪，

党员假冒必丢人！

自 注：

诗取七绝第一种平仄格式。

韵脚在《诗韵集成》上平声十二文转真通押。

题解：毋庸讳言，我是一个共产党员才这样说。因为我和全体党员一样热爱党，对个别腐败分子切齿痛恨！这是我学习"三个代表"反复思考后发自内心的高歌！回想刚刚结束的"十六大"江泽民同志在谈到反腐问题时的那种慷慨激昂，疾恶如仇的表情，使我对党更加增强了牢固的信心。由此，冷静地想到，党能有今天，从根本上说是廉洁的结果。除"三个代表"外，还应该突出强调一点，那就是要永远代表全党多数党员反腐倡廉的愿望！这是"三个代表"最终得以实现的保障。

著书
（七绝）

2002年12月2日

义重情真著我书，

风流试看众人读。

无求鹊噪盈门户，

但愿来年在案牍。

自注：

诗取七绝第二种平仄格式。
韵脚在《中华新韵》十姑，一韵到底。

鲤对郭诗

（七绝）

2002年12月16日

鲤对郭诗少壮时，

家严戒我步迟迟。

晚成遗憾如今日，

但愿冥中父见知。

自 注：

诗取七绝第二种平仄格式。
韵脚在《诗韵集成》上平声四支，一韵到底。
鲤对：鲤旧鱼。人名。孔子儿一名曰鲤。鲤对，指父子对话，子受启发。《论语·季氏》："鲤趋而过庭。孔子曰：学诗乎？对曰：未也。不学诗，无以信。鲤退而学诗。"
冥：míng。夜、幽远。《诗·小雅·斯干》"哕哕其冥"，哕yuè，光明貌。迷信者称人逝去后居住处。句中用字意在形容、寄托思念。
题解：笔者青少年时代，父亲屡嘱要抓好学习，尤重数学、语文。学语文，课外定要读诗，还特别喜欢听诗，而自己往往不能满足他的要求。常被训诫，说进步迟缓。如今总算学得一点成绩，而老人却早已离我而去了。心中不免深深地留有遗憾，因写此诗以为纪念，忘他冥中有知，稍得安慰！

赠大连作协

（七绝）

2002年12月28日

九州旺气励摛文，

错爱蹒跚学步人。

代表人民怀俱进，

甘为孺子在儒林。

自注：

诗取七绝第一种平仄格式。

韵脚在《诗韵集成》上平声十一真、十二文，下平声十二侵通押。

摛文：摛（chī），铺采摛文，谓写作文章。

美帝

（七绝）

2003年3月20日11点于大连

侵朝万恶未清平，

美帝侵伊再现形。

欺骗谎言原本性，

石油霸占罪其名！

自 注：

诗取七绝第一种平仄格式。
韵脚在《诗韵集成》下平声八庚、九青通押。
题解：美帝，即美帝国主义。这个名称，当代中国青年几乎快无知了。而老年人一般也不愿再揭人短处。可是事不由人，身不由己，美国自冷战结束以来，表现实在欠佳。近二十年来冷战虽然已经过去，局部的战火却从未完全熄灭……
美国似乎在前苏联的解体中看到了一点和平演变社会主义国家的希望（他们曾经把希望寄托在中国的三四代身上），可是无情的历史事实教训了他们：这种和平演变的方法，不适用于中国！1989年北京发生的天安门广场暴乱事件，让某些抱有那种希望的一切反动势力空欢喜了一场！
近二十多年来，由于中国在"改革开放"中国力不断增强，国际地位不断提高，中国多边主义的和平外交战略，已经获得了第三世界及多数发达国家的欢迎，中国依靠自己的力量真正走上了世界……但是，美国的历届政府，并没有完全放弃其对华扼制的一贯政策，他们害怕看见一个强大的中国，从不间断地在明里暗里搞侦察破坏活动，除了不遗余力地支持纵容一切叛国、分裂分子的破坏活动外，在美中关系上采取两面派手法，口头上承认一个中国，坚守上海公报原则，实际上并不遵守承诺，并且不断向台湾扩大军售等活动，并在全世界范围内制造"中国威胁"论，欺骗世界舆论。

事实胜于雄辩，真正威胁别人的不是中国人，恰恰是美国自己。美国惯用的手法是贼喊捉贼，在南斯拉夫问题上，中国只不过客观地报道了一些事实真相，而以美国为首的"北约"便暗下黑手，用导弹轰炸了中国驻南使馆，写下了国际关系史上最不文明的一页。此后，又在中国沿海不断地进行侦衅，以致造成与中国空军撞机并强降我机场等历史上罕见的外交事件……

在世界范围内，美国对社会主义国家恨之入骨，对古巴封锁已四十年，至今还霸占古巴的关塔那摩海军基地……在世界上到处打着人权的幌子，以武力相威胁，搞核讹诈，干涉别国内政，到处掠夺资源财富。不仅中国台湾背后是美国，朝鲜半岛问题背后是美国，中东问题背后还是美国……十年前在海湾战争中美国捞了一把，如今不顾联合国及世界大多数爱好和平人民（包括美国人民在内）的反对，美顽固地坚持他们单边主义政策，视世界为无物，一切由自己说了算，勾结另一个老牌资本主义国家，决心要对中东动武，一心要控制中东，夺取丰富的石油利益，摆出了一副既要作婊子又要立牌坊的卑劣面孔，这是不折不扣的帝国主义行为！冷战结束后，和平人民已逐渐淡漠了"美帝"这两个字，现在美国决心要以实际行动告诉全世界人民："美帝"又回来了！

伊战十日有感
（七绝）

2003年3月29日

斩首杀蛇未见功，

高悬战斧滴阴红。

和平呼号声哀忧，

天使无颜座位空。

自 注：

诗取七绝第二种平仄格式。

韵脚在《诗韵集成》上平声一东，一韵到底。

题解：在美国于2003年3月20日向伊拉克开战以来，杀声遍地，血流成河，平民受累，惨不忍睹！入寇者战斧高悬，斩首、杀蛇，玩够了一套把戏，但终无所获！反而激起了伊拉克人民和世界上一切爱好和平人民的真正的愤怒！伊拉克人民浴血反抗，美英联军寸步难行！

联合国于开战10日之际召开紧急会议，讨论伊战问题。在大会上，伊方血泪的控诉，使包括美国大使在内的所有与会者无言以对！美国代表只好灰溜溜地离开会场……我们信奉一句名言，在谈判桌上得不到的东西，在战场上你也休想得到它！奉劝美英联军一句：该罢手时，立刻罢手！

另注：事情已过多年，虽然伊拉克被攻破，萨达姆被杀，但美军并未找到发动伊拉克战争的借口——所谓的"大规模杀伤武器"。由此帝国主义，侵略者的嘴脸再一次暴露在世界人民面前……

祝"神舟"五号发射成功兼庆毛泽东110周年诞辰

(七绝)

2003年10年14日上午

"九天揽月"倚"神舟",

天拓天疆意未休。

思想无边达宇宙,

黄龙大梦更追求!

自注:

诗取七绝第一种平仄格式。

韵脚在《诗韵集成》下平声十一尤,一韵到底。

题解:据新华社长沙10月13日以"毛主席纯金像将搭卫星上天"为题发专电称:"毛泽东主席'可上九天揽月'的雄心壮志将在主席诞辰110周年之际成功现实!"文章说,记者从韶山市有关方面获悉,在毛主席诞辰110周年前夕,精心制作的毛主席纯金像将搭乘返回式航天卫星上天……以此特殊方式纪念毛泽东主席对国家航天事业的关怀。

梦想成真
（七绝）

2003年10月16日晨

登天梦想顿成真，

杨柳闻风解语频。

利国为民天地顺，

伟人大业暖星辰！

自 注：

诗取七绝第一种平仄格式。
韵脚在《诗韵集成》上平声十一真，一韵到底。
题解：此诗为杨利伟乘"神舟"五号航天顺利返回陆地而作。

载人航天成功发射归来

（七绝）

2003年10月18日

东方古韵奏新音，

共颤心弦大夏人。

万里山河添异彩，

天升新月看双轮！

自 注：

诗取七绝第一种平仄格式。
韵脚在《诗韵集成》下平声十二侵通真通押。

耄客扬鞭

（七绝）

2003年11月12日

夸父当年赶日西，

邓林遗杖有灵犀。

曹公霸业怀伏枥，

耄客扬鞭自奋蹄。

自 注：

诗取七绝第二种平仄格式。
韵脚在《诗韵集成》上平声八齐，一韵到底。
赶日西：这里是指追赶日月，于日月同辉，非一日之薄。
"夸父……邓林……"句：《山海经·海外北经》载神话，有个夸父，为追赶太阳，渴极，饮尽黄河、渭河之水而不解，随往他处而死。他遗下的木杖后成活为一片树林，称作邓林。太阳未可追也，遗杖成邓林，意外成荫。这比喻决心成就事业。
"耄客扬鞭……"句：笔者读史怀古，学古感今，感慨颇深。此诗自抒对即将到来的老年人生之感，未免狂放，非完全为自己，仅以此鼓舞一切老年朋友。

金柜蛀虫
（七绝）

2003年12月6日

严防金柜蛀金虫，

帐本残缺国库空。

贷款无收回扣硬，

难辞其咎是金融！

自 注：

诗取七绝第一种平仄格式。
韵脚在《诗韵集成》上平声一东，一韵到底。
《新商报》2003年12月6日，中新社12月5日电，要惩治腐败就一定要加大经济处罚的力度以"让腐败者倾家荡产"为题报道："监察部副部长李玉斌在中山大学举行的2003年教育部直属高校纪委书记、监察处长培训班上作报告时指出，今后反腐工作的重点主要在金融领域，要真正打击腐败现象，就是要加大经济处罚力度，让腐败者政治上身败名裂，经济上倾家荡产……"

读项羽《垓下歌》感作
（七绝）

2004年元月29日

鸿门宴上欲沽名，

兵败虞姬死别情。

愧对英明心腹痛，

无颜舣渡自身倾！

自 注：

诗取七绝第一种平仄格式。
韵脚在《诗韵集成》下平声八庚，一韵到底。
舣渡：（舣，yǐ）附舟渡到对岸。
题解：史载公元前202年，项羽与刘邦争天下失败，在垓下（现安徽灵璧县东南）大战兵败自杀。
从项羽的军事实力看，是曾经有过制胜的机会的，但项羽沽名钓誉，在胜利面前裹足不前，丧失了取胜的良机，最终让对手壮大，招来战败的结果，又无颜面对，只好怨天尤人，"英雄"最终成了历史上可悲的角色。
然而，其真正可悲的并非胜败这两个字完全能决定的。真正可悲的是项羽不敢面对自己的错误，而招致的罪责后果。终以"天时不利"加以掩盖，饰非掩丑的行为，自毁了英雄的形象。

读史悲韩信

（七绝）

2004年2月11日

萧何远虑有良畴，

胯下人杰拜将旒。

兔死狗烹污反寇，

悔为垓下设奇谋！

自 注：

诗取七绝第一种平仄格式。

旒：liú。古旗子上的飘带。将帅都有自己的旗子，这里是在说韩信拜将之事。

韩信：汉初军事家。淮阴（今江苏淮阴市西南）人。秦末，初属项羽起义军，未得重用，继归刘邦被任为大将。楚汉战争时，刘邦采其策，攻占关中。刘邦在荥阳、成皋间与项羽相持时，他率军袭击项羽后路，破赵取燕、齐。后被刘邦封为齐王。不久率军与刘邦会合，击灭项羽于垓下（今安徽灵璧南），汉朝建立改封楚王。有人告其谋反，降为淮阴侯。又被告与人勾结在长安谋反，萧何与吕后设计诱其入宫杀之……

采风
（七绝）

2004年春

一缕春风破晓寒，
| — — | — |

踏歌移岸上航船。
| — — | — |

乘风破浪身雄健，
— — — — |

满载归来漫抚舷！
| — | — | — |

自 注：

诗取七绝第二种平仄格式。
韵脚在《诗韵集成》上平声十四寒转先通押。
舷：xián，船边，左舷，右舷。
题解：此诗写在参加作协后，第一次采风出行之前。

黄鹤楼

（七绝）

2004年7月27日清晨

白云黄鹤唱仙歌，

历代骚人笔墨多。

美景斯文多过客，

大名崔颢贯山河！

自 注：

诗取七绝第一种平仄格式。

韵脚在《诗韵集成》下平声五歌，一韵到底。

笔者以为从古至今关于"黄鹤楼"的题诗不少，但崔颢题诗为最好。李白很佩服这首诗，曾有两句题词曰："眼前有景道不得，崔颢题诗在上头。"宋严羽所作"沧浪诗话"，认为唐朝人的七言律诗，应当推崔颢的七言律诗"黄鹤楼"为第一。原诗见《唐诗三百首》，这里不再赘附。

寄曲永业教授

（七绝）

2004年9月22日

人适厄运入弥留，

大难临头自有求。

无骇鬼神迷我路，

且听曲老叹回头。

自注：

诗取七绝第一种平仄格式。
韵脚在《诗韵集成》下平声十一尤，一韵到底。
题解：余病重进入弥留阶段，请来大医胸外科主任曲永业教授等奋力抢救，始转危为安。曲老盯着监护仪器说："回头喽！回头喽！"病初愈尚未出院之际，仅写此诗致谢。

纵横

（七绝）

2005年5月1日

有志文心任纵横，

怀书裁句过延平。

禹门跳跃搏一幸，

夜半临窗感日红！

自 注：

诗取七绝第二种平仄格式。

韵脚在《中华新韵》十七庚、十八东通押。

禹门：即龙门，鱼跳龙门一搏为快也。

晋代雷焕过延平津，佩剑忽入水化为双龙飞去……此处喻文翁欲试才之意。

贫富状
（七绝）

2005年6月17日

财富集中人失望，

笑贫哭富甚荒唐。

人间剥削狼藉象，

路断人稀照不祥。

自 注：

诗取七绝第四种平仄格式。

韵脚在《诗韵集成》下平声七阳，一韵到底。

题解：不是集体富裕，而是极少数人暴富，多数人自然失望。过去津卫民间有句话叫"笑贫不笑娼"，令人费解。哭富，这里意思与哭穷类似，是想富了更富，而无止境，也并非理性观念。贫富差距过大，富者为富不仁，玩世不恭，挥霍无度，一片乱象……未来如有天灾人祸，后果不堪设想！

书后赋

（七绝）

2005年6月28日

古人拍案作传奇，

今叟呕心炼字谜。

古往今来都是戏，

为求进步半分厘。

自 注：

诗取七绝第一种平仄格式。
韵脚在《诗韵新编》七齐，一韵通押。
这里辑录的这首诗系长篇小说《藏地燃情》卷尾诗。一想到小说脱稿时的兴奋之情景，长久不能忘怀。诗里透露着笔者写作小说时的心态与理念。

感英国连环大爆炸

（七绝）

2005年7月24日

富蛮贫怨祸连篇，

虎豹豺狼榻下眠。

天地失合招混乱，

看来因果也当然！

自注：

诗取七绝第一种平仄格式。

韵脚在《诗韵集成》下平声一先，一韵通押。

2005年7月24日"参政"报载英国遭坏人有组织破坏，实令人愤慨。然社会矛盾古今皆然，唯资本主义国家更甚。社会主义国家亦应引起警惕！贫富差别越来越大，加上分配不公，腐败横行，隐藏着深刻矛盾，决不可忽视。否则，后果难以预料！

感台湾"三合一"选举

（七绝）

2005年12月4日

百年寇犯搅风云，

血战惊涛岛未沉。

大路朝天余始信，

中华伟力寄人民！

自 注：

诗取七绝第一种平仄格式。

韵脚在《诗韵集成》下平声十二侵通真转文通押。

毛泽东曾说："台湾问题希望寄托于台湾人民。"国民党主席马英九说："这次选战的胜利，真正的赢家是全体台湾人民。"2005年12月3日台湾地区"三合一"选举（县市长、县市议员、乡镇市长）结果揭晓，在总共23席中，中国国民党获得14席，过半数；民进党获6席；亲民党1席；新党1席；无党派1席，国民党由原来的8席再增6席；民进党由原来的10席反降4席。国民党此次在"三合一"选举大胜，为2008年重新执政打下了坚实的基础。民进党主席苏贞昌于昨日连夜辞职，为台独垮台报出了重重的丧音。

感古"删诗"之争与今之炒冷饭
（七绝）

2006年5月13日

删诗与否古争稠，

故去烟尘未可收。

但有精神多讲授，

厚今发古共思幽。

自注：

诗取七绝第一种平仄格式。

韵脚在《诗韵集成》下平声十一尤，一韵到底。

题解：所谓"删诗"早见于司马迁之《史记》："古者，《诗》三千余篇；及至孔子，去其重，取可施于礼义，上采契、后稷，中述殷、周之盛，至幽厉之缺，始于衽席……三百五篇，孔子皆弦歌之，以求合，《韶》《武》《雅》《颂》之音。"由此，诗学史上出现了"删诗"之争，有赞同者，有反驳者，皆无佐证，历千余年至今未休……窃以为与其著兴于炒冷饭过日子，不如干点实事，多讲授些关于《诗》的写作技巧等文章，少搞点那种永远也找不到答案的东西，或许对推陈出新大有裨益……笔者此诗下是这种感想的流露。

寄阎金燕先生

（七绝）

2006年6月20日

微名虚利著书难，

难得人生话语权。

庙宇堂前捉笔砚，

原来倚重是婵娟！

自 注：

诗取七绝第一种平仄格式。
韵脚在《诗韵新编》十四寒，一韵通押。
阎金燕先生系文化艺术出版社文学编辑室主任。对来稿能认真负责，公正对待，令笔者感受很深。

诗酒惟新
（七绝）

2006年11月16日

诗酒惟新意纵横，

功名局外问前程。

风花雪月心难动，

富贵无求觅世情。

自 注：

诗取七绝第二种平仄格式。
韵脚在《诗韵集成》下平声八庚，一韵到底。

赠文化艺术出版社
（七绝）

2006年12月22日

初入龙潭跃九重，

和风细雨爪鳞成。

回眸共叙腾蛟境，

再看行云渥雨情。

自 注：

诗取七绝第二种平仄格式。
韵脚在《中华新韵》十八东通庚通押。
题解：此诗写于拙作长篇小说《藏地燃情》出版之际。

追求
（七绝）

2007年3月6日

追求在世遂人愿，

偷得浮生半日闲。

拨冗清心无悔怨，

携妻共度此华年！

自 注：

取七绝第三种平仄格式。
韵脚在《诗韵集成》上平声十五删转先通押。

浪遏飞舟
（七绝）

2007年4月28日

海阔天空赞尔才，

碧波无欲浪徘徊。

游春弄态迷天籁，

可索鱼虾入网来？

自 注：

诗取七绝第二种平仄格式。
韵脚在《诗韵集成》上平声十灰，一韵到底。
题解：常年住在海滨，看惯了无私无欲的游人，以及弄舟在海岸边纯情的青年，也有些失态败坏行为……

寄季逵生先生

（七绝）

2007年6月16日

出京壮美下天山，

才气盈胸在笔端。

从政当权人赞叹，

公平步履有尊严！

自 注：

诗取七绝第一种平仄格式。

韵脚在《中华新韵》十四寒，一韵通押。

季逵生：早年从团中央加强西北地区工作调到新疆人委人事局，任秘书工作。文笔犀利受到上下一致的好评，号称"笔杆子"。"文革"后曾自愿赴西藏阿里工作，在县里任政工组长职务。调回新疆后开始任人事处长、纪检组长等工作。经中央党校培训后提为新疆劳动厅副厅长，党组书记至退休。为人最大的优点是长期廉洁奉公，为同人所敬重。

寄付达生先生

（七绝）

2007年6月18日

居官自古秉公难，

镇恶德威敢犯颜。

善道交流渠可见，

缘溪溯望缀天莲！

自 注：

诗取七绝第一种平仄格式。

韵脚在《中华新韵》十四寒，一韵通押。

付达生：原在新疆人大常委会任副秘书长（副省级）。秉公办事，对上、对下一视同仁，深受干部爱戴。为人道法文章均属上乘，朋友很多。

坦言

（七绝）

2007年7月18日

人皆渴望寿绵绵，

不务虚名半日闲。

大写人生多鄙见，

唯耕心底自留田。

自 注：

诗取七绝第一种平仄格式。
韵脚在《中华新韵》十四寒，一韵通。

天伦
（七绝）

2007年8月20日

天伦何得尽开怀，

累世积德禄祉栽。

半日悠闲人自在，

妻贤子孝贵齐来！

自 注：

诗取七绝第一种平仄格式。

韵脚在《诗韵新编》九开，一韵通押。

说朦胧
（七绝）

2007年9月9日

诗入朦胧技已穷，

尔方吟罢我抒情。

不唯歌颂承君命，

直赋胸中义气弘！

自注：

诗取七绝第二种平仄格式。
韵脚在《诗韵集成》下平声八庚通蒸。
朦胧这种体裁以自由诗为多，但不适于古体诗词。古诗如以朦胧体出现，就会让人摸不着头脑，不知所云，读来有故弄玄虚之感。仅以此诗谈些个人看法，与同行切磋。

出道
（七绝）

2007年10月1日

为诗出道感八仙，

文友江湖共一船。

满座高僧无贵贱，

同操法器渡灵渊。

自 注：

诗取七绝第一种平仄格式。
韵脚在《诗韵集成》下平声一先，一韵到底。

诗心
（七绝）

2007年10月22日

龙游四海自由身，

樽酒开怀炼字真。

只教诗心长久润，

山河不吝赐其文。

自 注：

诗取七绝第一种平仄格式。
韵脚在《诗韵集成》上平声十一真转文通押。

耄怀书幸

（七绝）

2007年11月3日

少年贫苦益心坚，

仕幸长途历险难。

天道济人躯体健，

耄怀书幸尚名贤。

自 注：

诗取七绝第一种平仄格式。

韵脚在《诗韵集成》下平声一先转寒通押。

仕幸、书幸：龚自珍有"仕幸不成书幸成，乃敢斋祓告孔子"之句，指仕途和著作之事。

尚名贤：崇尚名贤，学习敬重之意。

兴致

（七绝）

2007年11月25日

兴致心灵百感栽，

激情理想搅多才。

蓬勃锐气冲冠盖，

万缕诗丝巧得来！

自 注：

诗取七绝第二种平仄格式。
韵脚在《诗韵集成》下平声十灰，一韵到底。
冠盖：这里泛称帽子。
蓬勃锐气冲冠盖：是说胸中充满激情，写诗常有的情绪冲动。

诗成二卷
（七绝）

2007年12月11日

瓜瓞诗卷我情浓，

少小无文老大能。

江海怀柔和比兴，

人间万事乐痴情。

自 注：

诗取七绝第一种平仄格式。
韵脚在《中华新韵》十七庚、十八东通押。
瓜瓞：绵绵瓜瓞，比喻子孙昌盛。这里说诗篇繁多。

北京奥运会开幕

(七绝)

2008年8月8日

金声玉振动心弦，

华夏迎来挂五环。

古韵今番尤眷恋，

百年史话续千年！

自 注：

诗取七绝第一种平仄格式。
韵脚在《诗韵集成》下平声一先转删通押。
奥运会：1908—2008百年来奥运会首次在中国举行。奥运会颁奖仪式，将使用铜制古钟的声音。音乐创作者谭盾说：曾侯乙编钟（1978年出土）距今已2500年的历史，另在音乐中加入了玉磬的声音。他强调说，这一音乐体现了中国传统的和谐，融合共存的理念。
奥运先驱顾拜旦于1913年"一战"前夕，设计奥运五环，分红、黑、蓝、绿、黄各种颜色，象征人类之大团结。

寄兰锡侯

（七绝）

2008年10月3日

高原一别几十秋，

难忘当年共壮游。

救死扶伤身手秀，

京都重见兰锡侯！

自 注：

诗取七绝第一种平仄格式。

韵脚在《诗韵集成》下平声十一尤，一韵通押。

兰锡侯：北京派往西藏阿里医疗队一个分队长，笔者因当时任县文教卫生局领导工作而有接触。想到他们在极其简陋的条件下，为牧民送医送药无私奉献的精神可嘉，故以此诗记之。

翰墨
（七绝）

2009年4月26日

千古文章望点播，

绘声绘色状山河。

新词佳句因情作，

翰墨清香铁砚磨！

自 注：

诗取七绝第二种平仄格式。
韵脚在《诗韵新编》二波、三歌通押。
题解：这首诗是笔者在写作的空闲时间偶然产生的一种感觉。这是来自内心的一种体会认识，或者是一点哲理性的经验，与读者共勉。

孝心
（七绝）

2009年5月1日

人情冷暖看家人，

世态炎凉比孝心。

小婿九儿言有信，

一杯水酒暖如春！

自 注：

诗取七绝第一种平仄格式。

韵脚在《诗韵集成》下平声十二侵通真。

题解：小婿，即小女孙菊的丈夫马迎九。"九儿"为昵称。

西域之春

（七绝）

2009年7月1日

西域青春苦也甜，

昆仑南北战荒原。

心猿意马追飞燕，

随主归来系自然！

自 注：

诗取七绝第二种平仄格式。

韵脚在《诗韵新编》十四寒，一韵通押。

题解：笔者一生的工作大半在新疆、西藏度过的。那里自然环境虽艰苦，但给人施展才能的条件与机会却也不少。自然的辩证法也许无意地告诉人们，越是艰难险阻多，环境复杂的所在，获取珍宝的机会就越多。探宝者绝不会对咖啡厅或娱乐场所里寄予厚望的。

心猿意马：这里说的是有自信能适应环境，克服任何困难，志愿付出，无怨无悔之意。

随主归来：这个"主"不是那一个人，是人民的利益需要，国家的安排号召，个人积极去响应之意……

也许青年朋友会说："那么个人的利益前途有保障吗？"回答很简单，国家需要你，你去了，奋不顾身地干了，国家还能忘掉你吗？！反之，对个人利益斤斤计较，谋虚逐妄，国家避之唯恐不及，还会用八抬大轿请去，发一顶官帽子给他吗？

孤云
（七绝）

2009年10月12日

晴空万里看孤云，

自得悠闲免失神。

来去飘忽颜有晕，

常随风月伴人群！

自 注：

诗取七绝第一种平仄格式。
韵脚在《诗韵集成》上平声十二文转真通押。
题解：晴空万里之时，常在海滨散步。偶有一朵孤云从高空飘来，感觉一会儿就飘到了视野之中。遇上转瞬之间的轻风又会慢慢地远去，如在阳光斜照之下甚至忽然有了五颜六色的光辉。大自然界的景色有时真是让人惊奇，人只有在这时既能忘却一切繁杂，又能使精神得以放松，心情得到快慰。

敬业

（七绝）

2009年11月7日

正气难为如小婿，
| | — — — |

忘身敬业佐中席。
| — — | — |

骋怀疆场翁称誉，
| — — — |

驷马高车挽铁骑！
| — — — |

自 注：

诗取七绝第四种平仄格式。
韵脚在《诗韵新编》七齐，一韵通押。
席：此字是旧入声转阳平声。
佐中席：是在领导班子中，对上要当好助手，支持协助上级搞好工作。
驷马高车：同拉一辆车的四匹马要步调一致。指对同级要协调，对下要公平对待，团结一心，敢于冲锋陷阵，力挽狂澜。
题解：此诗是笔者写给小女婿马迎九的。由于其为人老成，工作能负苦，有进步，特勉励他不骄不躁，一如既往。

怀恩
（七绝）

2009年11月7日

光明闪亮似黄金，

小女心思展孝心。

乃祖德高人有信，

吾家世代重怀恩！

自 注：

诗取七绝第一种平仄格式。

韵脚在《诗韵新编》十五痕，一韵通押。

题解：吾家儿女孝道，老人舒心。阖家欢乐，人生幸甚！

南柯旧梦

（七绝）

2009年12月30日

诗文未敢望倾城，

志在攀登热血凝。

槐下南柯掇旧梦，

千山万壑鹿呦鸣！

自 注：

诗取七绝第一种平仄格式。
韵脚在《诗韵新编》十七庚，一韵通押。
题解：这首诗是笔者作为一个文学爱好者发自内心的自我写照。

贱舌子戒

（七绝）

2010年2月16日

国语纯情重语音，

贱声贱气肉麻人。

广播音准人公认，

气魄尊严有国魂！

自 注：

诗取七绝第二种平仄格式。

韵脚在《诗韵集成》下平声十二侵通真转元通押。

近年来贱舌子越来越多，让人感觉轻薄肉麻！究其原因，有人说是互相影响的结果。这只是从环境上说的上部原因，而内在的原因它应该是一种语音崇拜。崇拜什么？崇拜"文明"啊！什么文明？按现代来说首先可能是物质文明吧……此话暂且不说。记得20世纪60年代报纸曾发表社论"为祖国语言文字的纯洁而斗争"，当时效果不错，普通话推广很快！何以几十年后贱舌音又泛滥了，实在可悲，让人难以接受！

读"参政"《要案揭秘》有感

(七绝)

2010年春

炮台枪眼对宫门,

清帝龙廷早失魂。

现代国人含泪问,

因何腐败不除根!

自 注:

诗取七绝第一种平仄格式。

韵脚在《诗韵集成》上平声十三元,一韵通押。

新中国成立后,党中央国务院下令限期收回旧中国列强美、英、法、荷等国在北京东交民巷建立的使馆界兵营。"1950年1月16日美国兵营全部清空,兵营交我国收回……""还剩下英国兵营。英国是最先用武力打开中国门户的老牌帝国主义国家,从中国夺取的利益和特权最多,在东交民巷占建的兵营也最大,位置也最重要。它的北墙斜对面就是紫禁城,其界墙上的炮兵和枪眼正对着天安门的太庙……"列强的使馆界是国中之国,是中国人的耻辱,过去的事一旦提起令人感慨万千!

心愿

（七绝）

2010年7月2日

水到渠成未可言，

苦心孤诣手无闲。

千言万语搏心愿，

欲展人生话语权！

自 注：

诗取七绝第二种平仄格式。

韵脚在《诗韵新编》十四寒，一韵通押。

答文化艺术出版社
（七绝）

2010年8月16日

"染色灵魂"说到家，

热情推介笔生花。

传奇故事凭如画，

美丽佳人靠友夸！

自 注：

诗取七绝第二种平仄格式。

韵脚在《诗韵集成》下平声六麻，一韵通押。

新书《染色灵魂》出版，当笔者拿到书后，看了朋友们诚恳推荐的许多溢美之词，不觉有些惭愧之至。自知，事后当加倍努力。只是，对出版社即内外各界朋友无以为报，故特作小诗一首以为酬谢。

艄公

(七绝)

2010年8月28日

半生风雨路八千，

久走江湖在客船。

角色变更今反串，

艄公故事有奇傅！

自 注：

诗取七绝第一种平仄格式。
韵脚在《诗韵集成》下平声一先，一韵到底。
近年来人们口头上常说一句话："人在江湖身不由己。"反过来说这话只是一种借口罢了。比如一个艄公行船，全靠他自己掌舵，责无旁贷的。近日拙作"染色灵魂"出版以来，人们高兴不已如打比方说："作品若是一艘船，作者便是它的艄公。作品如何写，船怎么个行法，全看艄公掌舵的手段了。"
首句："半生风雨路八千"，岳飞的《满江红》一词中曾有"八千里路云和月"之句。这里以"路八千"比喻人生之路复杂之意。
末句："艄公故事有奇傅"是说个人的人生步履都有自己留下来的脚印，路是人走出来的，也包括自己。

寄新商报记者

（七绝）

2010年10月16日

关军笔下展才情，

摄影王博见技能。

邂逅忘年当有幸，

拼搏少壮定前程！

自 注：

诗取七绝第一种平仄格式。
韵脚在《诗韵集成》下平声八庚、十蒸通押。
关军、王博作为地方报的编辑记者，文章摄影作品思想艺术水准高，且工作态度感人，故写此诗以寄之。
"邂逅"句：年差较大者交往互补优势。所以说是有幸，即幸会之意。
"拼搏少壮"句：所谓"少壮不努力，老大徒伤悲"。笔者以为从青少年时代便努力于学习工作的人，就必定能看出未来的前程了，是看好予言之意。

寄王晓峰先生

（七绝）

2011年1月6日

知人论事动灵魂，

妙解文辞语过人。

炼字锋芒如利刃，

怀揣正气可凌云。

自 注：

诗取七绝第一种平仄格式。
韵脚在《诗韵集成》上平声十一真转文通押。
王晓峰先生系中国作家协会会员，个人著作颇丰。大连文坛著名文艺评论家，现职为文联副厅级巡视员等。

祭雷洁琼……
（七绝）

2011年1月12日

闪电惊雷泣国人，

巾帼挚爱是忠贞。

予生天下为君任，

奉献何须忘自身！

自 注：

诗取七绝第二种平仄格式。
韵脚在《诗韵集成》下平声八庚转真通押。
《半岛晨报》2011年1月10日报道，著名的社会活动家，一位杰出的中国女性逝世了，她的人生缩影让人感佩而由衷地敬服——因写诗以祭奠……

蒋氏悲歌
（七绝）

2011年3月2日

金陵梦断日蹉跎，

卖国奴颜丑态多。

台海余哀难掩过，

流亡日记苦琢磨！

自 注：

诗取七律第一种平仄格式。
韵脚在《诗韵集成》下平声五歌，一韵到底。
题解：据《参考消息》二月份转美联社于台北报道，蒋氏后人正为两蒋日记版权发生争执。笔者以为两蒋日记只能是失败的悲惨记录，而非成功的光辉历史，后人理应低调处理它。不应为争夺版权借以获利之目的，引起内部纷争，实在是可悲之至……

两会留言
（七绝）

2011年3月13日

今春两会万家欢，

大政方针有版权。

世纪风云多变幻，

"北京模式"稳操盘！

自 注：

诗取七律第一种平仄格式。
韵脚在《诗韵集成》上平声十四寒转先通押。
"北京模式"稳操盘：这里"操盘"一词是借用股市或期货行业的一个术语。用来比喻党和政府领导人不但要制定出正确的具有科学发展的政策策略，而且还能善于准确无误地通过地方和各下级领导认可和贯彻下去。借用一句话说，这也是我们中国的"软实力"吗！

天外天

（七绝）

2011年3月26日

高高在上看神坛，

码字阶梯步履艰。

逐日爬格仍苦干，

抬头天外有青天！

自 注：

诗取七律第一种平仄格式。
韵脚在《诗韵新编》十四寒，一韵通押。
题解：这首诗是笔者在写作过程中瞬间的一种感觉。有时在"神坛"之上，有时或在它的脚下……但末句毕竟是一种客观的存在，但这是比较而言的。

读史感国际风云

(七绝)

2011年4月20日

血泪铺排国事中,

人间苦乐是非争。

长河流去终如梦,

历史风云辨可清!

自 注：

诗取七律第二种平仄格式。

韵脚在《诗韵新编》十七庚、十八东通押。

题解：世界上一切事物中，最重要的当是国家民族乃至整个人类的命运。近些年来国际风云变幻莫测，总是谁嘴大谁就有理。但是，时间和历史总是公正的，人类世界所有对错，当代无果，历史有终，它是不依少数人的意志为转移的……任何事物都有其自己的发展规律，社会也不例外。由落后向进步发展，任何人为的、逆历史潮流而动的力量，都是阻挡不了它前进的伟大步伐的！

诗成八百
（七绝）

2011年4月22日

诗成八百面朝东，

旭日临窗破晓红。

万物吟成如梦令，

一声咏叹隐群星！

自 注：

诗取七律第一种平仄格式。
韵脚在《中华新韵》十八东通庚通押。

藏地燃情
（七绝）

2011年4月26日

风华正茂赴高原，

雪域怀柔烈火燃。

藏地燃情重论剑，

迎来百侣共缠绵。

自 注：

诗取七律第一种平仄格式。
韵脚在《中华新韵》十四寒，一韵通押。
题解：长篇小说《藏地燃情》出版五年来，朋友们评论不断，有的认为题材重大，有的认为故事描述颇佳。可是笔者说句老实话，一部真正的文学作品，其身价分量究竟如何，短时间内是难以作出定论的，唯一正确的结论是，只有时间才能作出历史性的结论！

五绝

小人与大贤

（五绝）

1964年8月22日于乌鲁木齐

小人为自己，

大器爱江山。

贤者穷经卷，

荫功在济天。

自 注：

此诗取五绝第二种平仄格式。

韵脚在《诗韵集成》上平声十五删转下平声一先通押。

"小人"句：这里的"小人"不是指一般所说的普通人，而是指极少数自私者，只爱自己，而不顾一切的人。

"大器"句：指胸怀祖国，以社稷为重的人，并非专指职位高低。

"穷经卷"句：指著书立说，教育后人者。

"荫功在济天"句：荫功，意为庇护，如荫庇。《魏书·胡沮渠蒙逊传》有"远托大荫"之说。济天的含义颇多，单讲天，辞书出版社出《辞海》注：指所依存或依靠。又《荀子·天论》："列星随旋，日月递照，四时代御，阴阳大化……是之谓天。"这里指为利国利民之意。

生来……一旦

（五绝）

1973年11月22日于西藏阿里

生来继祖先，
— — ｜ ｜

身后有遗传。
— ｜ ｜ —

一旦辉煌去，
— ｜ — — ｜

当无愧对天！
— — ｜ ｜ —

自 注：

此诗取五绝第四种平仄格式。

韵脚在《诗韵集成》下平声一先，一韵到底。

自慰
（五绝）

1981年4月12日于乌鲁木齐

不慕中天日，

何嗟过午迟。

往昔虽碌碌，

自慰有来时！

自 注：

诗取五绝第一种平仄格式。
韵脚在《诗韵集成》上平声四支，一韵到底。

咏凫
（五绝）

1982年5月12日

功成若水凫，
－ － │ │

踏浪识奸愚。
│ │ │ －

惯看东流去，
│ │ │ －

飘然在洞居！
－ － │ │

自 注：

诗取五绝第四种平仄格式。

韵脚在《诗韵集成》上平声六鱼、七虞通押。

凫：（fú）泛指野鸭。凫，善游水，故称游泳为凫水。《楚辞·卜居》："宁昂昂若千里之驹乎，将泛泛若水中之凫？与波上下，偷以全吾躯乎？"

新长城——军垦

（五绝）

1983年12月28日

军垦戍边难，

天荒也种田。

长城新骨肉，

世代老江山。

自 注：

诗取五绝第三种平仄格式。

韵脚在《诗韵集成》上平声十四寒转先删通押。

初登金顶
（五绝）

1984年9月

吟诗爱峻峰，
- - | -

喜看雾遮朦。
| | | -

最忆登金顶，
| | - |

新奇感梦中！

自 注：

诗取五绝第四种平仄格式。

韵脚在《诗韵集成》上平声一东、二冬通押。

金顶：指四川峨眉山风景区的一处景观。初到此，居高临下，看远处群山云雾缭绕，难知其事，最易引起人的神秘感。所谓"登金顶，看佛光"正不知引起多少遐想……

立国教民

（五绝）

1986年6月16日

立国育灵根，

教民重自尊。

家族兴雅韵，

世代有精魂。

自 注：

此诗取五绝第三种平仄格式。

韵脚在《诗韵集成》上平声十三元，一韵到底。

灵根：灵（líng）通"令"，《法言·渊骞》："窃国灵也。"李轨注："灵，命也。"这里指命根子。

为官
（五绝）

1988年10月2日

为官何足倚，

尸位尽阿谀。

欲得人生雅，

常怀报国愚。

自 注：

诗取五绝第二种平仄格式。

韵脚在《诗韵集成》上平声七虞，一韵到底。

题解：此处所说的"官"是指一些尸位素餐之辈，阿谀谄媚之徒，非指好官也。那些战场上的英雄，建设岗位上的模范，执掌国柄的伟大政治家，人民的事业需要他们，赞扬唯恐不及，何来诅咒乎？

苦衷
（五绝）

1989年11月9日

人间有苦衷，

好汉学愚公。

社会担当重，

公中灭蛀虫！

自 注：

诗取五绝第四种平仄格式。
韵脚在《诗韵集成》上平声一东，一韵到底。

诗……呕……
（五绝）

1993年10月11日

诗从趣味洎，

意境呕心俦。

吐气吞天地，

情浑万象幽。

自 注：

诗取五绝第四种平仄格式。
韵脚在《诗韵集成》下平声十一尤，一韵到底。

无题

（五绝）

1998年12月6日

文宗当大任，

名望九重阊。

彩笔淋漓奋，

流芳几代人！

自 注：

诗取第二种五绝平仄格式。
韵脚在《诗韵集成》上平声十三元转真通押。

红裙

（五绝）

2000年9月6日

董卓称霸道，

吕布胸怀草。

婺女叹貂蝉，

权谋王允老！

自注：

诗取五绝仄韵格式。
韵脚在《诗韵集成》上声十九皓，一韵到底。
婺女：天文学里的星名。
题解：读《三国》有感"王司徒巧使连环计……"一段故事中，司徒王允与自家红颜女子貂蝉，主仆同心，计杀奸臣权相董卓的描述令人心情振奋。故事中的灵魂就是王允与貂蝉那种热爱国家的眷眷之情，永远激励着人心！

闻一些地区今年高考率达 70% 以上有感

（五绝）

2002年7月10日

十名今取七，

重教有根基。

科技人一亿，

无忧敌冠欺！

自 注：

诗取五绝第二种平仄格式。
韵脚在《诗韵集成》上平声四支，一韵到底。

寄胡锦涛主席

（五绝）

2004年11月15日

心怀千古事，
- - - | |

思想万般红。
- | | - -

立党居心正，
| | - - |

斯民众口评！
- - - | |

自 注：

诗取五绝第二种平仄格式。
韵脚在《诗韵新编》十八东，一韵通押。

盼来年

（五绝）

2006年10月1日

文苑有奇缘，
— | | —

耕耘效古贤。
— — | |

春蚕丝未尽，
— — — | |

佳作盼来年！
— | | —

自 注：

诗取五绝第三种平仄格式。
韵脚在《诗韵集成》下平声一先，一韵到底。

言诗
（五绝）

2007年5月1日

无智欲言禅，

抒怀作赋难。

诗情成雅兴，

至理有名言。

自 注：

诗取五绝第三种平仄格式。
韵脚在《诗韵新编》十四寒，一韵通押。

词、曲

狐争穴
（醉花间）

1971年11月13日于西藏阿里

狐争穴，虎争穴，鹰犬厮流血。当学做人杰，出没求高节。

贪心人易灭，命运无优劣。人生喜自由，不计声名烈！

自 注：

词牌《醉花间》定格四十一字，前片三仄韵，一叠韵，后片三仄韵。

韵脚在《词林正韵》第十八部入声九屑，一韵通押。

声名烈：（烈 liè），此字有四个解，这里用作事业功业轰轰烈烈之意，非一手一足之烈。

不计声名烈，即不过分追求。

题解：此词系由林彪叛党叛国发动未遂政变，出逃后失事灭亡有感而作。

渔家傲
（普兰赋）

1976年7月于阿里普兰

边寨风光留我意，普兰聚会游无寐。玉剑冰晶神鬼唳。心欢喜，关民往返相无忌。

脚下菜花生遍地，科加蔬麦多生气。雪域山隅偏四季。无可比，今天来去轻容易！

自注：

《渔家傲》北宋流行歌曲《清真集》入"般涉调"双调六十二字，上下片各无仄韵。

韵脚在《词林正韵》第三部上声：四纸，去声：四宝、八齐通押。

题解：普兰，是西藏阿里地区东南部一个小县。地处中印、中尼边境。它北面是冈仁波齐峰（俗名神山，海拔6656米），神山与县城之间是玛旁雍错湖（圣湖），距县城坐车有两个小时的路程。

中秋待月

（长相思）

1979年10月1日于西藏阿里

星月低，望天低。空谷溪流风自凄。

相思在别离。

儿痴痴，女痴痴。话到天明月去时，

归来自有期！

自 注：

词牌《长相思》又名《双红豆》双调小令。三十六字，前后片各三平韵，一叠韵。
《中秋待月》韵脚在《词林正韵》第三部平声四支、八齐通押。
题解：此词写高原干部两地分居之苦。

高原长夜

（浪淘沙）

1980年2月6日于西藏阿里

长夜踏歌声，异地征鹏。十年万里冲天鸣。海阔天空由我性，自爱人生！

寂寞伴残灯，别有深情。夜读辗转已天明。架火添柴驱冷冻，心有惺惺！

自 注：

词牌《浪淘沙》取长短句双调小令格。五十四字，前后片各四平韵，情壮激越。韵脚在《词林正韵》第十一部平声八庚、九青、十蒸通押。

忆秦娥
（自述）

1980年8月16日于西藏阿里

庄梦蝶，溪流映怯长空月。长空月，

当年照我，少年惜别。

十年一觉多凉热，情思无断音常绝。

音常绝，心中风雨，几时愉悦！

自 注：

《忆秦娥》词牌原为李白所创。前后片各三仄韵，一叠韵，共四十六字。
韵以入声部为宜。《自述》词韵脚在《词林正韵》第十八部入声六月、九屑、十六叶通押。
梦蝶：《庄子·齐物论》说庄周曾梦为蝴蝶，忽然醒来，又不知庄与蝶到底谁梦谁云云。
此系古人对历史人物加以神化的故事，此处引来借题发挥而已。

秋吟

（捣练子）

1984年10月2日

郊酒醒，感秋风，且看收割意趣浓。雁阵去留人字影，淡吟欣喜谷金红！

自 注：

词牌《捣练子》二十七字，三平韵。
韵脚在《词林正韵》平声一东、二冬通押。
郊酒：到郊区游玩，饮酒作乐。
题解：深秋郊游，笑看农民丰收的喜悦，唤起个人事业上成功的同感。

成败英雄
（风入松）

1989年5月18日

清心寡欲看风情，心口有难应。衣冠市井经常见，私心重、钓誉沽名。心有灵犀相哄，公私兼顾身荣！

狐男狗女滥折腾，欺骗有人听。爬虫称帝鸡成凤，随时用、尽道精英！成败之间由命，权钱交易纵横！

自 注：

词牌《风入松》早有古琴曲，宋乐志入"林钟商"词双调七十六字，前后片各四平韵。韵脚在《词林正韵》第十一部平声八庚、九青、十蒸通押。

豪情

（玉蝴蝶）

1991年2月16日

博闻吟咏喀多，言说口悬河。引退志无磨，豪情壮我歌。

雷霆心里过，平地也生波。风雨慢蹉跎，笔锋犹舞戈！

自 注：

词牌《玉蝴蝶》唐曲《金奁集》入"仙吕调"，四十一字，前片四平韵，后片三平韵。韵脚在《词林正韵》第九部平声五歌（独用）。

玩世……斗智……

（定风波）

1995年8月3日

恨商欺，伪善投魑，身边隐匿毒豸。道貌其时，尝伏酒肆，无尾人难识。耍阴谋，骗之死，怙恶居心暗招使。权势！背面由黑市，良心谁是？

盗贼鬼魅，怕神祠，察访凡间事，耐心求法治，惺惺睿智，先手捉贼制。奈何施，用心思。椽笔书成大人字。玩世，上有嘉赐，门墙收寘！

自注：

词牌《定风波》（仄韵长调）九十九字，前片六仄韵，后片七仄韵。

本词韵脚在《词林正词》第三部仄声，上声四纸、八荠；去声四寘、八霁通押。

魑：chī 古时传说的怪物，喻坏人。

豸：zhì 至"有足谓之虫，无足谓之豸。"泛指禽兽以外的小动物，比喻下贱者。

魅：mèi 即鬼魅，鬼怪。

祠：cí 指庙，神祠，即神庙。

寘：zhì，置字之古体。门墙收寘：朱子与赵尚书书天下之事，非人之聪明才力所能独运，是以古之君子未尝不博求人才以自裨益……当用之日推挽成就布之列位而无事之不成也。（引《诗韵》注）

跑官
（卜算子慢）

1995年10月14日

浮生漫过，歧路几多，富贵梦人人作。

两脚穿梭，巧嘴舌真难学。跑官多、网络嫌情恶。腐败酷、官迎贵客，先生自我求索。

欲解樊笼寞。虎缚自蹬脱，我觥觥郭。

美酒欢歌、问尔倚何自乐？笑人间、官位花常落。别在意、诗吟自得，老松参云壑！

自 注：

词牌系宋代教坊慢曲，《乐章集》入"歇指调"，八十九字，前片四仄韵，后片五仄韵。
韵脚在《词林正韵》第十六部入声三觉、十药通押。
我觥觥郭：觥，gōng 音公。《后汉书·郭宪传》帝曰："常闻关东觥觥郭子横，竟不虚也。"
李贤注："觥觥，刚直之貌。"此处喻为自我刚直不阿之意。

开心
（菩萨蛮）

1995年12月28日

前呼后拥人留恋，风光频现钗头燕。礼到笑开颜，开心因有权。

斯文常厌倦，离去多埋怨。都说恨为官，归来茶感寒。

自 注：

词牌《菩萨蛮》小令四十四字，前后片各两仄韵、两平韵，平仄处换。

韵脚在《词林正韵》第七部平声十四寒、十五删一先通押；仄声十四愿、十七霰通押。

采菊
（多丽）

1997年8月6日

想今生，最泥殚思回忆。霎时间、退休失趣，顿然无处自觅。享清福、混于乐事，比风光、展示心力。抖擞余威，帮闲儿女，似为寻找旧痕迹。看今日、水流人世，天地自游戈。灵魂里、应贴社会，不可孤寂。

梦乡觉来驹过隙，养尊不惑沉溺。畅心怀、笃情真意，仰视前途有承袭。对酒吟歌，关山盈掬，襟怀虚袒感鹄立。笑零涕、晚来成器，亲友与伊笛。随游戏、篱下采菊，学此容易。

自注：

词牌《多丽》取变格入声韵。一百三十九字，前片六仄韵，后片五仄韵。
韵脚在《词林正韵》第十七部入声，十一陌、十二锡、十三职、十四缉通押。

赋共青团建团 80 周年

（南乡子）

2002年5月4日

奋战八十年，革命征途水火间，脚踏人民肩臂膀，绵绵，血肉横飞过险关！

事业要超前，跟党冲锋步履坚。科学民族呼尔众，团员！共产接班你领先！

自 注：

词牌《南乡子》系平韵体，共五十六字，上下片各四平韵。
韵脚在《词林正韵》第七部平声十四寒、十五删一先通押。

赋浩哥诞生照

（锦堂春慢）

2002年8月18日

洪浩滔天，飙波驷马，朝霞远送骄娃。笑意盈驹，慈面小绽羞花。器宇溢飞灵气，炯目和善福遐。似用心说话，我爱今生，朝拜全家！

祖德迎来扶醉，锦堂春慢话，慎育新牙。从业亲情无价，父子休嘉。骨肉连心一体，愿世代，芹献中华。尔辈前途远大，如嗣南衙，美誉无涯！

自 注：

词牌《锦堂春慢》101字，前后各四韵。
韵脚在《词林正韵》第十部平生、九佳（半）、六麻通押。

【福遐】：福气长远之意。

【芹献】：芹：《诗·小雅·采菽》："言采其芹。"《吕氏春秋·本味》："菜之美者……云梦之芹。""芹献"犹芹意，所献菲薄之意。另有"芹藻"句：《诗·鲁颂·泮水》"思乐泮水，薄采其芹……思乐泮水薄采其藻"，喻贡士或有才学之士。此处词中意，系长辈愿后辈努力学习，无论能力大小皆奉献国家。

【休嘉】：有喜庆、幸福之意。《汉书·礼乐志》："休嘉砰隐溢四方。"休戚相关。

题解：吾孙，浩天。诞生两小时内即双目炯睁视物，笑意盈拘，眉宇间透着英气，众奇之，吾亦深为感动，故赋词以记之。

诗魔

（虞美人）

2002年8月19日

诗合时韵随时作，春梦无惊破！人生旋律感穿梭，酷爱山河吟我自家歌！

风雷激荡曾经过，往事值什么。挥毫指点动干戈，韩信萧何不像是诗魔！

自 注：

《虞美人》词牌，《胜说》称起于项籍虞兮之歌，谓后世以此命名可也，曲起于当时，非也。此词牌原为唐教坊曲。此格为五十六字，上下片各两仄韵，两平韵。

韵脚在《词林正韵》第九部平声五歌（独用）仄声上声二十哿，去声二十一箇通押。

"奥丽安娜"赋

（念奴娇）

2002年9月8日于大连

海湾夜色，一观舶来客，辉煌如月。岸上游人杂聒聒。灯火涛中呜咽。四万吨级，名船孑立，争睹风姿涅。岸边漫步，众人争辩热烈！

奥丽安娜游轮，依人燕褰，昔日今难说。今日播音呈笑靥，我国造船飞越。大造油轮，三十万吨，伊朗人欢悦。也思昔日，豁然心里开阔！

自 注：

词牌《念奴娇》取东坡"凭高眺远"为定格。一百字，前后片各四仄韵。

韵脚在《词林正韵》第十八部入声，六月、七曷、九屑通押。

题解："奥丽安娜号"油轮，据称是英东方航空公司的一艘四万吨级豪华油轮，是四大名船之一。自1960年首航，不间断航行四十年。它有过不平凡的历程，到访过世界108个港口，航程650万公里，曾遭遇过海盗、飓风、海底火山喷发等，甚至与航母相撞，但都安然无恙。奥轮甚称梦之船，现在由大连某旅馆公司引进，落户在号称"东方明珠"的梦之港，大连星海湾广场。

今年夏季，就在人们热谈这项旅游项目之际，电台等媒体播出新闻，由中国大连造船厂为伊朗制造的30万吨级油轮下水（这是已签订六艘制造合同的第一艘），深得伊朗方面的好评。两个事物的巧合让人抚今思昔，感慨万千，激动不已，因成此赋。

孑：读jié，单独。在诗词中用这个字规定是仄声（见同音字典340页）。

涅（湼）：niè，指涅槃。梵语 Nirvana 意译"入灭""圆寂"，佛教全部修习所要达到的最高理想。经过长期"修行"即触寂灭一切烦恼和"圆满"具备一切清净功德。这种境界，名为"涅槃"。这里是借用"涅槃"一词，说"奥丽安娜"从它诞生首航起历经四十年辉煌，最终永远停泊在大连星海湾，这正是"熄灭"了一切烦恼达到了那种最高的理想境界。

吨：读音平，dūn，又读去声 dùn。如在本词下片"三十万吨"中即发去声（按词谱规定需要）。

夜梦中东

（八声甘州）

2003年3月2日

　　夜昏昏梦寝入中东，战斗似刚停。废墟尘埃定，乱寻亡命，粉黛眉横。老幼孤零呼应，怒火眼晶莹。月下寒风冷，鹤唳猿惊！

　　战火烧红油井，抢救无人影，少见残兵。满城听命令，强盗笑狰狞。手空空、休云谁胜，政客赢，志愿者留名，猫玩鼠、恨钻鼻洞，物有求生！

自 注：

词牌《八声甘州》《乐章集》入"仙吕调"，因全词共八韵，故称"八声"九十七字，前后片各四平韵。韵脚在《词林正韵》第十一部平声八庚、九青通押。

题解：联合国武器核查小组对伊拉克武器核查尚未结束，最近美英即将对伊动武，第二次海湾战争一触即发，世界上一切爱好和平的人民都正在为伊拉克人民担忧，几乎是不可终日。笔者是在这种情绪之下，写出这首词的。

笑 ——
（古绝）

2007年5月25日

黄歌滥吼噪，
ー ー｜ ｜

肚皮舞卖俏。
｜ ー ｜ ｜

人体宴席臊，
ー ｜ ｜ ー

民族歌舞妙！
ー ｜ ー ｜

自 注：

诗取古绝体格式。
韵脚在《诗韵新编》十三豪入声部通押。
题解：近来黄色歌舞泛滥，扫黄打非虽严，而屡禁不止，试问这些败黄者意欲何为？
古绝：一般都是五言，不用律句，不拘平仄；在押韵方面既可押平韵，也可押仄声韵。

梦话
（满江红）

2010年3月12日

公务生涯，超世俗、胸怀风雅。文笔好、自尊和寡，有诗无价。官场大公仇记大，我行我素由人骂。秉人心、不怕鬼着家，天不怕。

心智大，尝有话。天未老，谁称霸。忘年能自学，不须惊诧。大寿人前无老大，未来风景颐如画。说自我、感受赏虹霞，无欺诈。

自 注：

此词《满江红》九十三字，前片四仄韵，后片五仄韵。

韵脚在《词林正韵》第十部上声二十一马，去声十卦（半）二十二祃通押。

题解：这首词原题是"生涯"后改作"梦话"。其实是心里话。因为作者知道，诗中所说的一切，毕竟是个人生活中的切身感受与写照。但这是一首诗，是作品，不免有夸张的手法，可要强调说明的一点是，这是对社会寄予着希望。

红旗歌谣

（沁园春）

2011年3月22日

　　世纪之交，帝国飘摇，万国自豪。旦有侵略在，强权霸道，冒牌民主，弱势号啕。可恨欺人，鸡鸣狗盗，天下人间要记牢。强人耒，血泪流多少，未可全抛！

　　红旗永远飘飘，理论创新依从邓毛。我辈须防躁，石头摸好，求实利导，稳步登高。重担肩挑，山摇不倒，世代相传信有招。英雄耒，愿尔能把好，万世操刀！

自 注：

此词《沁园春》一百十四字，前片四平韵，后片五平韵，亦有于过片处增一韵韵者。

韵脚在《词林正韵》第八部平声二萧、三肴、四豪通押。

耒：(lěi)古代把犁上的木把叫"耒"，"耒耜（sì）"跟铧相似，泛指耕种的器具。另有"耒水"在湖南省。

幽灵之歌
（多丽）

2011年5月1日

念幽灵，共产人群游戏！灭王权，顶天立地。创宣言秉浩气。迫流离，损于国际。敢先驱，政治经济。举世鸣镝，巴黎公社，伟人之爱在奴隶、列宁死，后人无继。苏共有争议。分离去，敌人作溺，世界悲泣！

谴资本人间舞弊。不公平造博弈！打贪官，剪除污吏。共富人间别丢弃。控制私心；培植公意。金融查案访私密。有威力，国家权利！民众有安逸。民族的，中国不虚举步霹雳！

自注：

词取入声韵格式。一百三十九字，前片六仄韵，后片五仄韵。

韵脚在《诗韵新编》七齐，一韵通押。

《共产党宣言》的第一句话：一个幽灵，共产主义的幽灵，在欧洲徘徊。旧欧洲的一切势力……都为驱除这个幽灵而结成了神圣同盟。"宣言"紧接着说道："有哪一个反党不被它的当政的敌人骂为共产党呢？"

题解：马克思（卡尔·马克思，1818年5月5日—1883年3月14日）。生于普鲁士莱茵省特里尔城一个律师家庭。先后进波恩大学和柏林大学法律系，攻读法学，后主要研究历史和哲学。1841年获哲学博士学位。

此后参与了唯物主义反唯心主义的斗争，并组织工人运动。同时与恩格斯一起加入正义者同盟。1848年1月同恩格斯一起，起草了同盟的纲领，即1848年2月问世的《共产党宣言》。

在欧洲革命失败，1849年5月被逐出普鲁士，先到巴黎后定居伦敦。总结革命的经验先后写了《1848—1850年法兰西阶级斗争》和《路易波拿巴的雾月十八日》等著作，发展了马克思主义学说。得出了无产阶级革命必须打碎旧的国家机器的重要结论，阐述了不断革命，以及工农联盟的思想。

50年代和60年代把主要精力放在写作《资本论》上。

1871年3月18日巴黎发动武装起义，建立了人类历史上第一个无产阶级的政权——巴黎公社。公社失败后，写了法兰西内战一书。马克思和恩格斯强调了组织工人阶级的独立政党，对于保证革命胜利的必要性。

70~80年代除写作《资本论》以外，十分关心国际共运的发展。抱病写了《哥达纲领批判》批判了拉萨尔派机会主义的经济观点、政治观点和策略思想。指出在资本主义社会和共产主义社会两个阶段过渡时期只能是无产阶级的革命专政。

1883年3月14日马克思在伦敦病逝。

三十多年后马克思主义在俄国有了大发展。

俄国人民在以列宁为首的布尔什维克党的领导下1917年俄历11月7日停泊在涅瓦河畔的"阿夫乐尔"号巡洋舰以炮声发出了攻打冬宫的信号。革命的士兵、水兵和赤卫队员从四面八方发起冲锋，一举攻破并占领冬宫，十月革命胜利，向全世界宣告一种新的社会制度变为现实。彻底推翻了一种剥削代替另一种剥削制度的怪圈。而十月革命是要从根本上消灭人剥削人的制度……十月革命的胜利开辟了人类历史的新纪元。

但历史却走出了曲折的道路，1924年1月21日列宁逝世后，苏联党和政府发生了长期的斗争……

这个过程经过长达66年之久（1924—1990），苏联终于垮在了内部斗争上面。

在政治上的唯一经验是共产党必须坚持独一无二的领导地位。

在经济上必须坚持国有经济为主体的城乡共富道路。

对私有制必须有个基本的限制……

我们今天学习马克思主义，关键是理论紧密结合实际。坚持有特色的社会主义道路，必须坚决反腐败，必须坚决反对暴富！特色是共富，防空虚！国家不能是私有暴富者的阶梯！社会主义与国家资本主义的区别就是多数走向富裕与少数投机暴富的区别！人民共富的方向，对人民对国家才是根本的利益！

图书在版编目（CIP）数据

孙元凯诗词集：贰卷 / 孙元凯著 . —北京：文化艺术出版社，2012.8
ISBN 978-7-5039-5426-9
Ⅰ . ①孙… Ⅱ .①孙… Ⅲ . ①诗集—中国—当代
Ⅳ . ①I227
中国版本图书馆CIP数据核字（2012）第165187号

孙元凯诗词集（贰卷）

作　　者	孙元凯
责任编辑	刘晋飞
装帧设计	姚雪媛
出版发行	文化藝術出版社
地　　址	北京市东城区东四八条52号　100700
网　　址	www.whyscbs.com
电子邮箱	whysbooks@263.net
电　　话	（010）84057666（总编室）　84057667（办公室）
	（010）84057691—84057699（发行部）
传　　真	（010）84057660（总编室）　84057670（办公室）
	（010）84057690（发行部）
经　　销	新华书店
印　　刷	国英印务有限公司
版　　次	2012年10月第1版
印　　次	2012年10月第1次印刷
开　　本	700毫米×1000毫米　1/16
印　　张	24
字　　数	100千字
书　　号	ISBN 978-7-5039-5426-9
定　　价	32.00元

版权所有，侵权必究。印装错误，随时调换。